砂の上の1DK

あの夏 あの時に わたしは
彼らが苦しみ、笑い、抗い、生きていたすぐ横に。確かに、わたしの姿があった。
けれど、それだけだ。

彼らの物語におけるわたしは、登場人物などではなく、
純粋な舞台装置というか、書き割りのようなものだった——

「本当に靭《つよ》い生き物だ、ひととは」
——〝アルジャーノン〟

「しかしその子、ずっと窓の外見てんな。そんなに珍しいかね」

「……ばあさんいわく、シナプスとかが誤作動を起こして、意識と知識が混線してるんだとさ。未視感ってあるだろ、あれをずっと起こしてるようなもんだとか」

「あー、なるほどそういうやつね？……簡単に言うと？」

「初めて医者に連れ出された家猫みたいなテンションなんだろ」

「あーあー、なるほど完璧に理解した。道理で無闇にかわいいわけだ」

「それはこいつ自身と関係ない。素材がいいだけだ」

「ハイハイ、ソーデスネ？」

「江間さんが変わりものだってのは、
わかった。あと、孝太郎くんが同類なのも」
――門崎伊桜
「詐欺師っぽいとは心外だなぁ、
裏表のない立派な契約の
話してたんだよ？」
――『おしゃべり屋』
篠木孝太郎
「良縁も悪縁も等しく
大切にするもんだぜ、
この業界ではよ」
――梧桐　薫

「現実のスパイは
地味が信条なんだよ」
——江間宗史

――わたしたちは、確かにいま、ここにいる。

砂の上の1DK

枯野 瑛

角川スニーカー文庫

23312

目次

contents

design work 阿閉高尚（atd）

illustration みすみ

プロローグ／舞台装置の前口上

prologue

今年もまた、夏が来た。

◇

梅雨は明けた。

けれど、湿度も不快指数もいっこうに下がろうとしない。肌にまとわりつくような濃密な空気。その中を泳ぐようにして行き交う人の群れ。

わたしも、その中の一人。

身にまとうは白いワンピースに淡い色のカーディガン、いかにも上品なお嬢さんといった感じ。ふだんはあまりしない格好だ。似合う似合わないで言えばまあ似合うほうだとは思うのだけど、単純に、あまりわたしの趣味じゃない。そして、趣味ではない服をわざわざ着る理由も——つまりはその格好を見せたくなるような相手が、いまは特にいない。

日傘越しとはいえ、強い陽光の下を行けば、ただそれだけで体力が削れていく。慣れない服装であればなおのことだ。何度も日陰で足を止めながら、歩いた。

色々な種類の蟬が、それぞれに力一杯の大音声で鳴いている。

それが、わたしを嘲《わら》っているように聞こえてくる。

こんな暑い中、どこへ行こうというのだか。おまえの向かう先に、あの場所はもはやない。あの人ももういない。あの時間は返ってこない。夏という季節だけを重ね合わせて、ただ思い出に浸りたいだけなのか、と。

もちろん、そんなはずはない。

蟬は蟬だ。彼らは彼らの理屈で大声を張り上げていて、わたしのことなど気にしてもいるまい。歪《ゆが》んで聞こえているのは、すべて、わたし自身のせい。この心の中にある、怯《おび》えのせいだ。

――ええ、そうよ、その通りよ。

妄想でしかない蟬の嘲笑《ちょうしょう》に対して、わたしは心中で胸を張る。

言い訳はするまい。確かにわたしはこれから、過ぎ去った時間に未練がましく手を伸ばしながら、ただ思い出に浸りにいくのだ。

誰に急かされることもなく、それでも少しだけ速足で。

白い石造りの階段を上る。

名前も知らない街路樹が強く香り、少しむせそうになる。

古びたタイルが敷き詰められた坂道を行く。

日焼けした小学生の集団とすれ違う。緑の香りに、一瞬、塩素の刺激臭が混ざる。

やたらと古びたタバコ屋の角を曲がって、そしてその先に。

――ああ、
それは、なんてことのないマンションだ。

一階あたりの世帯数は四。八階建て。建てられてからけっこうな年月が経っているはずだが、妙に真新しく見える白い壁。一階にはオープンテラスの小さなカフェが開いているが、駅から距離のある立地のせいか、あまり客は入っていない。

熱に浮かされたような足取りで、わたしはそこへと入っていく。

共用エントランスに鍵《かぎ》はかかっていない。階段へ直行。『共用スペースは静かに使いましょう』の貼り紙を横目に駆け上る。疲れる、ちょっと休憩。また上る。

508号室の扉の前に立つ。

この扉の向こうの空間を、わたしは知っている。調度の少ない部屋。薄緑色のカーテンに覆われた大きな窓。その向こう側に広がる芳賀峰《はがみね》市の街並み。さらにその向こうには海が見える。壁際には背の低い戸棚がひとつ。その上には丸い金魚鉢。ゆらゆらと揺れる水草と、二匹の赤い金魚。陽のあたる場所にあの子が座っていて、ゆらゆらと水草のように身を揺らしながら、あの人の背中を見ている。

息を吸って。吐く。ドアベルへと指を伸ばしかけて——

やめる。

指を引っ込める。

扉から、少し距離をとる。


この扉の向こうには、行けない。

わたしには、その資格がない。


蟬が鳴いている。嘲《あざけ》っているように聞こえる。

あんたたちの指摘は正しい。わたしの向かった先に、あの場所はもうない。あの人もいない。あの時間も返ってこない。このわたしが再び取り戻せるのは、幾度でも巡ってくる、夏というこの季節ただひとつだけ。

「……あーあ」

嘆息をひとつ。

この場所に立って、わたしが部外者であるという事実を改めて突きつけられた。

そうだ。わたしは彼らを知っている。あの夏を知っている。けれどそれは一方的な関係。彼らは、わたしが彼らを知るようには、わたしのことを知らない。

彼らにとってのわたしは、超至近距離の部外者だ。彼らの物語におけるわたしは、登場人物などではなく、純粋な舞台装置というか、書き割りのようなものだった。彼らが苦しかったときも、笑っていたときも、悲しんでいたときも、二人だけで通じ合っていた時も。ずっとそばにいた。そして、なにもできなかった。

◇

プロローグという言葉がある。

もともと、演劇の前口上のことを指す言葉であったらしい。物語の本編が始まる前に、口上役の人間が観客に向かって、「これから始まる物語の舞台はこういう場所で、こういう登場人物が出てきて」と説明をするアレだ。

そして、作中において狂言回しのポジションにある人物が、その役を務めることが多いらしい。物語の本筋には直接関わらず、それでいてその中心の近くで多くを見てきた誰かが、解説にはふさわしい……といったところか。

そして、思うのだ。

あの日々のことを、ひとつの物語としてくるのならば。一人の不器用な青年と、一匹の賢い白ネズミもどき。あの一人と一匹が、金魚鉢のようなあの部屋で過ごした夏のことを、回想しようとするのならば。

そこにおいてプロローグ役を務める資格があるのは、きっと、わたしだけだろうと。

だからこそ、いま、この場所で——

一人と一匹が去ったこの場所で、回想を始めようと思う。

観客などいなくても構わない。一人で、思い出に浸ろうと思う。

あれは、一昨年の八月。

暑い、夏の夜のことだった——

一日目：　day：1

人でなしは、人の胎から生まれるものです。
――早良《さわら》和泉《かずみ》『北の岬』

炎の中

(1)

研究サンプルとしてのそれの名は『コル＝ウアダエ17―C―B』だった。

谷津《やづ》野《の》中央環境研究棟において、その肉片は、主に三つの命題に向けて研究されていた。ひとつは『それがどういう特性を持っているか』、もうひとつは『それはどうやったら増やせるか』、そして最後のひとつが『それはそもそも何なのか』。

要するに、何もわかっていなかったのだ。

出所からして不明である。三年前にこれを研究室に持ち込んだ永末《ながすえ》博士は、周りに何も言わないまま翌年失踪《しっそう》した。そしてその細胞の構造は、既知のあらゆる多細胞生物のそれのどれにも似ていなかった。

研究員の一人がこれを評していわく、「食品サンプルのササミのようだ」。これに、同僚たちは苦笑いとともに同意した。それは確かに、パック詰めでスーパーに並んでいそうな見た目をしている。食べられそうなのは見た目だけだというのも共通点。違うところは、その素材がビニール樹脂とシリコンではなく、そこからして限りなく未知に近い何かであるという点か。

それでも、わかっていたことも、いくつかある。

それを構成する細胞すべてに、いわゆる万能細胞のような特性がある。別の生物の傷口に入れれば、その生物の細胞分裂のプロセスに相乗りして自分自身を変容させる。そして（表面上は傷がきれいに治ったように見える）その生物の一部分になり切るのだ。

万能細胞は、現代の医学においては、ひとつの目標のようなものだ。この特性の研究を進め、人間の手で安全に再現することができれば、それはとんでもない功績となるだろう。そして、現代社会において話題性というものは劇薬だ、プラスにせよマイナスにせよ非常に大きな影響を与える。だからこの研究は期待されたが、同時に秘匿されもした。

未変異状態のそれの培養方法は、見つかっていない。だから研究は、細切れにされたそれを慎重に消費しながら行われていた。


——一匹の実験用ラットがいた。

実験のために腹を裂かれ、そこに微量の〝コル＝ウアダエ〟を植え付けられた。〝コル＝ウアダエ〟は見る間に変異し、哺乳《ほにゅう》綱齧《げつ》歯《し》目《もく》ネズミ亜目の腹部組織の細胞として分裂し、五十二分ほどで傷痕も残らないほど綺麗《きれい》に傷を埋めてみせた。

この後に、異常が発生した。

ラットの行動パターンが、変化したのだ。

スキナー箱における条件付けの速度が、あからさまに上昇した。さらには、それまでのパターンをもとに、簡単な先読みまで始めるようになった。古典的な迷路実験では、ラットの平均を大きく上回る学習能力を見せた。この手の実験でありがちな攻撃性の増加などは特に見受けられず、むしろ、全体的に慎重に振る舞うようになった。

能天気な関係者は、このことを「治療をきっかけに賢くなったのだ」と読んだ。これは朗報だ、〝コル＝ウアダエ〟は損傷した器官を癒すのみならず、脳（?）の神経細胞（?）の働きも活性化（?）させてくれるのだと。素晴らしいことだ、この研究が完成した暁には、人類自体を次のステップに押し上げてくれるだろうと。

もう少し慎重な関係者は、控えめに喜んだ。意味不明な細胞が、意味不明な挙動をして、意味不明な変化をもたらしている。そのメカニズムを追うにあたって、どういうものであれ、手がかりが増えたというのはありがたい話だ。

そして、ごく一部の関係者は、顔を歪《ゆが》めた。世の中には、宿主の精神活動に影響を与える寄生生物がごまんといる。どれも危険なものばかりだ。もし〝コル＝ウアダエ〟にもその類の特性があるというなら、非常に高いハードルを越えねば、医療手段としての実用化はできないだろう。

ごくごく一部の関係者は、沈黙した。そして、感情の読めない目でじっと人間たちを見つめるラットから目をそらし、かすかな恐怖を滲《にじ》ませた声で、言った。

——これは、本当に、まだラットと呼べる生き物なのか？

（２）

壁も天井も、染みひとつない白。

床を覆《おお》うはワインレッド。

消毒液と芳香剤の入り混じった、かすかに鼻の奥を刺す刺激臭。

あまり長居したいと思える場所じゃないな……それが、谷津野《やづの》中央環境研究棟を訪れた、江間宗史《えまそうじ》の正直な感想だった。

生命科学系列の研究施設という場所柄、清潔さは最低条件だというのはわかる。しかし、ただ溶剤を塗りたくって造り上げられたこの場所の白さは、実用というより演出のためにあるように見える。やはりあれか、現場とは関係のない誰か、はるか上のほうで決済用の判子を握っている偉い人の趣向だろうか。偏見だが、いかにもありそうな話だ。

そんなことを考えるが、顔には出さない。そもそも宗史はそれほど感情豊かというわけでもない。鉄面皮の後ろに、雑念を隠す。

「お願いしたいことというのは、他でもありません」

目前の依頼人も、感情を隠しているという意味では、大したものだった。張り付いた愛想笑いが、見事にその心中を覆い隠している。だからどうということもないが。

「こちらのラボでは画期的で革新的な研究を行っていまして、実用化の暁には本社の事業を独力で牽引《けんいん》していけるだけのポテンシャルがあります。ですが社内には、当部署がそのような力を持つことを快く思わない一派もあり――」

話を適当に聞き流す。内容は概ねわかっている。

要は、社内の敵対勢力に横槍《よこやり》を入れられそうだから、ここの研究棟のセキュリティに力を入れたい。そのために、表向きはそちらの方面の専門家である（と紹介された）この江間宗史を呼びつけた。

依頼の具体的な内容は、現時点のここのセキュリティ事情の評価と、穴となりそうな場所の指摘、予算や準備時間に合わせた改善案の提示といったところだろうか。そのくらいならば、今の自分でも、それなりに力になれるだろう。

などと考えていたら、

「――お願いしたいのは、専務派とエピゾン・ユニバーサル社との提携の妨害です」

「んん？」

何やら、ずいぶんとかけ離れたことを言われた。

「少し確認を」

「はい」

「僕は、なんというか、セキュリティ系のあれやこれやを専門にしてる人間で」

「ええ、存じています」

「今日呼ばれたのは、ここのセキュリティ強化について相談したいという話で」

「ええまあ、はい。もちろん」

「ならなぜ、妨害しろという言葉が？」

「ええまあ、細かく言えば、あの提携がうまくいってしまうと、曾根田《そねだ》専務が本腰を入れてこちらの妨害に乗り出すからです。破談まではいかずとも、あとふた月ほど時間が稼げればだいぶ動きやすくなります」

「それのどこがセキュリティ？」

「先手必勝は、全世界共通の安全標語ですので」

愛想笑いを浮かべたままで、何やらすごいことを言う。

その理屈だけはわからないでもない。ただ自陣の守りを固めるよりも、敵陣の弱体化を狙ったほうがいい。正論だ。なんかこう、古今東西の軍記モノで、名軍師キャラが兵糧攻めだの離間の計だのをキメながら言いそうなやつだ。

しかしだ。この江間宗史は、現代日本の常識的な一般市民だ。軍記モノの世界に生きているつもりはない。

「丁重にお断りさせてもらいます」

頭を下げて、きっぱりとそう言い切った。

「ええ⁉」

愛想笑いの顔のまま、男は目を見開いて驚いた。器用だなと思った。

「何故です⁉」

「江間宗史の名前に何を期待されていたかはわかりませんが、破壊工作は僕の本業じゃない。城大工やるつもりで来たのに、忍者の真似事をしろと言われても困るんで」

「……は？」

「そういうことでしたら、適任は他にもいます。仲介者に話は通しておきますんで、もっとふさわしい人材を送らせますよ」

言いながら、やたら柔らかいソファから腰を上げる。

「しかし」

「仮想敵がいる程度の話ならともかく、明確に戦争を仕掛ける気となるとお付き合いできません。ご心配なく、聞いた話はどこにも漏らしませんから」

言って、反論を待たずに応接室を出る。

産業スパイ、という言葉がある。

それ自体は、職業ではなく、ある種の行動群を示すものだ。要は敵対組織に対してのダメージに繋《つな》がりそうな、そして自分たちの利益に繋がりそうな裏の作業をすべて総括してそう呼ばれている。

具体的な内訳は多岐に渡る。敵対会社に身を置いて動向を報告する、さらにそこで人間関係などに工作を行う、物理的に潜入して機密を盗み出したり破壊的細工をする、あるいはネットを介して電子的に似たようなことを行う……組織同士の争いの形が多様であるように、その陰で動く者たちの働きもまた多様になる。

内戦の歴史の長かった日本においては、隣人同士の足の引っ張り合いは一種の伝統文化だ。長い不景気でどこも企業体力が落ちている中、それでも産業スパイ仕事の需要は減らない、どころか増えてすらいる。

そしてもちろん、産業スパイという言葉は、そういったスパイ行為を行う者たちを指す言葉としても使われる。

覗《のぞ》く、騙《だま》す、奪う、壊す、そういった行為を生業《なりわい》として生きている者たち。


（それにしてもだ）

応接室を辞して、エントランスからぐるりと見回して、

（やっぱ、ちょいと問題あるよなあ、この研究棟……）

改めてそう思う。監視カメラの配置や職員の動線をちらちら見るだけで、いくつもの穴

が見える。

正面入り口のシャッターは下りてしまえば堅固だが、ほんの数メートル隣には簡単に破れそうな窓が開いている。そちらを視界に入れているような場所に監視カメラがひとつ設置されているが、これは素人目にすら簡単に見抜かれてしまいそうなほど、わかりやすくハリボテ《ダミー》だ。また、職員の身分証明はＩＤカード一枚だけ。指紋声紋虹彩《こうさい》その他もろもろの認証は一切なし、つまり証明写真をちょっと貼り替えてしまえば、他人のカードも使い放題。

日本は法治国家だ、正面からの押し込み強盗の危険性はほぼない。だからまあ、いわゆるガンファイトを想定した間取りではないということは気にしなくてもいいだろう。しかし、それ以外の脅威は国を選ばない。やろうと思えば簡単に空き巣が出来てしまうというのは、日本でもどこでも、機密を扱う場所として大問題だろう。

そして、もうひとつ気になることとしては……

（…………いや）

どうあれ、自分には関係ないことだ。

そう思って歩を進めていたら、

「もしかして、江間先生ですか？」

聞き慣れない声で名を呼ばれ、江間宗史は足を止めた。

「は？」

振り返る。

ほんの数歩先で、女性が一人、こちらを見ていた。

一瞥《いちべつ》の間に、値踏みを済ませる。

歳は二十前後、おそらくは十八か十九あたり。首からIDカードを下げてはいない。

目立たない娘だ、という印象を受ける。

だがそれは、意識的に作られた地味さだ。化粧、服装、眼鏡、それらによって自分の容姿の印象を弱めている。それ自体は、いかにも産業スパイなどがやりそうな小細工ではあるが――たぶん、そういうのとは違うだろう。

姿勢は良いが体幹の不安定さや正中線の歪みを見るに、運動不足気味。安いオフィスチェアの上で長時間を過ごすタイプの生活を送っていると思われる。

さて、そんな分析が済んだところで、問題はその先。

「ええと……」

名前を呼ばれたということは、向こうはこちらを知っている。

けれど、当の江間宗史の記憶に、この娘の顔がない。

作られた地味な印象に隠されているが、よく見れば、かなり整った顔立ちをしている。

なのに、なかなか思い出せない。

「やっぱり、江間先生だ。変わっていませんね、見てすぐわかりました」

それに、この江間先生というのも、何なのだ？

その娘は嬉《うれ》しそうに、そして控え目に笑う。

「お久しぶりです、覚えていますか？」

意地の悪いことを直球で聞いてくる。

「あーっと……」

「もしかして、わかりません？」

唇の端を歪《ゆが》めて、意地の悪い笑みを浮かべる。

その表情が、宗史の頭の片隅にあった、古い記憶と符合した。

ずっと昔。

江間宗史が、今のような人生を送るようになるより、さらに前。

当時の宗史は二十で、平凡な大学生で、非合法の世界になど無縁な一般人だった。複数のバイトを掛け持ちして、忙しく走り回っていた。家庭教師として受け持った生徒は何人かいたが、その中でもっとも優秀で手のかからなかった一人が、大人をからかう時にはこういう笑い方をしていた。

それはまるで、宗史がかつて送っていた人生の、残響のような。

「………もしかして、沙希未《さきみ》、ちゃん？」

「はい」

嬉しそうに、頷《うなず》く。

「全然気づかなかった、というか無理だよ。何年ぶり？」

「六年ぶりです。……わたしはすぐにわかりましたよ、あっ江間先生だ、って」

「そりゃ……こっちは六年前にもいちおう、成人男性だったからね」

一瞬、息が詰まる。

この子には、変わっていないように見えるのか。六年を経た江間宗史の姿を見ても。

「当時の君は中学生だろ」

「そして今は大学生二年目です。……わたし、そんなに変わりました？」

変わっていないわけがないだろう、と言いたくなる。記憶の中の彼女はこまっしゃくれた小さな子供だった。そこから六年、手足は伸びたし体つきも言わずもがな。

「まあ、大きくなったし、綺麗《きれい》になったよね」

「久しぶりに会った親戚《しんせき》のおじさんみたいなコメントですね」

「久しぶりに会った親戚のおじさんみたいな心境なんだよ」

軽口を、リズムよくぽんぽんと交わす。

「面白くないですね。あ、でも『綺麗になったよね』のとこだけはちょっと嬉しかったので、おかわりお願いします。今度はちょっと照れてる感じで、ぜひぜひ」

「やらないよ？」

「けち」

六年前に自分たちがどんな風に話していたのかを思い出しつつ、それに倣う――


〝この、人殺し！〟


「っ⁉」

――脳裏に、かつて浴びた、古い罵倒《ばとう》の声が蘇《よみがえ》る。反射的に顔をしかめる。

「……先生？　どうかしました？」

「あ、いや」首を振る「君は、その……知らないのか、僕の、こと……」

「はあ？」

きょとんとされた。

「それは知ってますけど。だから声かけましたけど。江間先生ですよね。今さら他人の空似だとか言い出しても聞きませんよ」

「そういう意味じゃなくて」

息を深く吸い、乱れていた呼吸が落ち着くのを待つ。

「ごめん、変なこと聞いた。忘れて」

「はあ……まあ、いいですけど」

納得できていない顔。無理もない。

こほん、と、すぐ近くで咳払《せきばら》いする声が聞こえる。見れば、中年の警備員が『こんなところでイチャついてるんじゃねえぞ』という目でこちらを睨《にら》んでいる。

エントランスの真ん中で話し込んでいる間に、多少周囲の視線を集めていたらしい。

「――こんなところで立ち話もなんだし、出ようか」

少し表情を引き締めて、促す。

「そ、そうですね」

沙希未は少し恥ずかしそうな顔で、歩き出した。

「あ、そうそう。もしかして先生、こちらにお勤めなんですか？」

いきなり何の話かと一瞬思うが、もちろん、この谷津《やつ》野中央環境研究棟の話だろう。

「いや、僕は外部。警備とかの打ち合わせにちょっと呼ばれただけだよ。君は？」

「父がここで働いていて。今日は忘れ物を届けに。大事なデータの入ったＵＳＢメモリ」

「へ、へえ？」

おいおいおい。今時マジなのかそれ。

そんなものを施設外に持ち出せてしまって、本当にいいのか。

やはりここのセキュリティには、色々と問題があると思う。少なくとも、社内抗争の真っ最中であるというなら、敵に狙われる可能性に対して少しは備えておくべきではないだろうか。

と、その驚愕《きょうがく》が表情に出ていたのだろうか、

「危ないですよね、やっぱり、こういうのって」

ばつの悪そうな顔をされた。

「うんまあ。そうでなくても色々気をつけなきゃいけないご時世だし、株主にバレたら大騒ぎ確定だ。それにここ、最先端の研究をしてるんだよね？」

周りを見回す、

「なら、狙ってる組織とかいるかもしれない」

「ですよね」

正面口の自動ドアをくぐりながら、宗史は一度だけ振り返る。


エントランス周辺の監視カメラは三つ。

ただしそのうち二つはダミー。死角は多い。

映像に残らない形で奥へ向かうルートは、ざっと七つ。

ぱっと見渡しただけの宗史ですら、そこまでは把握できた。事前に少しでも情報を集めていれば、もっと詳しくわかったことだろう。

（いる、な……）
去り際に、何人か。
あからさまにその死角を縫うように動いている男たちを見た。
そしてその目線の動かし方、立ち姿の重心の置き方、体重移動、すべてが素人《しろうと》のそれで
はなかった。
スパイ。破壊工作員。まあ、その手のやつだ。それも、宗史のような半端者とは違う、
それで飯を食っている本職者だろう。
（……そりゃあ、ここまで守りの甘い場所なら、狼藉者《ろうぜき》も入り放題だろうさ）
先手必勝は、全世界共通の安全標語。これはつい先ほど聞いたばかりの言葉だが、どう
やらそう言っていた当人は後手に回ってしまっているらしい。
（とはいえ、僕の関わるべきことじゃない、んだよな……）
この研究棟はこれから、備えを怠ったことの報いを受けるのだろう。しかし、それが社
内で完結したいざこざであるなら、無関係な外部の人間が口出しをするべきではない。
江間宗史には、ひとつのルールがある。
『自主的に助けを求めてきた相手だけを、対価を受け取りながら助ける』
安全と危険の境界線で生きていくうえで自ら定めた、身を護るための大切な法規。ひと
ときの感情で犯していいものではない。

だから、今はただ、ここを離れるべきだ。そう、自分に言い聞かせた。

◇

陽はとうに沈んでいる。

強い雨が降っている。

雨粒が銃弾のように、傘を叩《たた》いている。

夜の街路。道を照らす街灯の光が、今はあまりに頼りない。

雨音のせいで、話そうとしたら大声を出さないといけない。寂れているとはいえ、いちおうはビジネス街であるこの界隈《かいわい》で、あまり声を張り上げたくはない。というわけで、会話はあまり弾まなかった。

それでも、隣を歩く真倉《さなくら》沙希未は、どことなく楽しそうに見えた。

「昔は、法学部いくんだって言ってたよね。弁護士の資格をとって、自立したオンナになるんだって。あれはどんな感じ？」

「あれは、あはは！、まあ、幼き夢は儚《はかな》いものと申しましてー。ああでもちゃんと次の夢は見つけましまして、いまその途上です」

「それはよかった」

六年のブランクである。かつての知り合いとはいえ、六年間互いに連絡をとっていなかった程度の間柄である。にもかかわらず沙希未はずいぶんと親しげに自分と話す。もともとそれほど社交的な性格でもなかったはずなのに。

ここで「もしかして慕われていたのかな」だとか「憧《あこが》れの先生との再会で浮かれてるとかなのかな」のように都合よく考えるほど、宗史は単純ではない。自惚《うぬぼ》れてもいない。

「先生に教わったいろんなこと、今でもよく覚えてるんですよ。イグアナの話とか」

「え、何だそれ、僕そんな話した？」

「しましたよ、佃煮《つくだに》にしたらおいしいって」

「絶対別の話と混ざってるよそれ」

「そういえば、あの、かわいい彼女さんは元気です？」

「あー……たぶん、そうなんじゃない、かな？」

かつてのようにどうでもいい話をしながら、沙希未は時々、表情を曇らせる。幼いころのように過ごすこの時間と、別の何かを比較するように。

——今の生活が、あまり楽しくないのかな。

宗史はそんなことを考えた。

老人になると昔話が増える系のアレだ。現在に充足していない人ほど、思い出は美しく蘇る。そして、思い出を再演できているかのような時間を——懐かしい人とかつてのように過ごす時間を——素敵なものだとして受け止める。

だからこの娘はいま、宗史の隣で、本来以上に機嫌よく振る舞っているのだろう。

失礼な想像をしている、とは思うけども。

道が分かれている。右に曲がれば商店街を抜けて深路《ふかみち》駅へ。左に曲がればビジネス街を抜けて住宅街へ。

「あの、連絡先交換、いいですか」

一瞬、硬直してしまう。

当然予想しておくべき展開だった。けれど考えていなかった。断るべきだと思った。いまの自分に、何も知らないこの子を、これ以上近づけてはいけないと。

「……そりゃ、いいけど」

なのに、結局はそう頷《うなず》いていた。

「今度、個人的な相談とか、してもいいですか」

「そりゃ」短い逡巡《しゅんじゅん》を挟んで「……いいけど。ただ、力になれるとは保証しないよ」

「保証はいいです、こちらで勝手に期待します」

「甘え上手だなあオイ」

男としては、若い女の子に距離を詰めてこられれば、喜ぶべきなのだろう。下心も抱くべきなのだろう。もっとお近づきになってやるぜとか企むべきなのだろう。しかし、もちろんそういう気持ちにはなれない。

あるいは。本当にこの子のことを思うなら、突き放すべきなのかもだろう。六年前とは違う。現在の江間宗史には近づくべきではない、そう教えるべきなのかもだろう。なのに、そうする気持ちにもなれない。

ふたつの『べき』のどちらにも踏み切れない。あまりに中途半端だ。

「じゃあ、近いうちに連絡しますね」

言って、沙希未は駅のほうへと向かった。

小さく手など振りながら、その背を見送った。

一人きりになると、雨音がいっそう大きく聞こえる。自分を取り巻く世界の灰色が、また色濃くなったようにも感じられる。

「……中途半端だな、ほんとに」

わざわざ口にして、自分を嗤《わら》う。

今の自分の状況に満足していないから、思い出を再演するように、再会に浸る。なんのことはない、あれは自分自身のことだ。六年前に仲のよかった子供と、六年前のように親しく話すというのは、とても気分のいい時間だった。

近くのビルの軒下に入り、スマートフォンを取り出す。アドレス帳を開き——一番上に沙希未の名前が増えているのを確認しつつ――『おしゃべり屋』を呼び出す。

数秒のコール音の後に、通話が繋《つな》がる。

『ヤァヤァ、江間ッサーンおつかれすー！　んで今どこにいる？』

軽薄な、そしてなぜか早口の男の声が流れ出す。

「例の研究棟を出て少し歩いたところ。悪いが、聞いてた話とだいぶ違ったんで、依頼は断ったぞ」

『あ、そいつはこっちでも確認したよ。ごめんこちらの裏取り不足だった、今度なんかで埋め合わせするから』

「あー」

期待せず待ってる、と言おうとした。

が、電話口の声は『それより』と言葉をかぶせてくる。

『すぐに離れて。その研究棟、いま、社内政争の破壊活動《サボタージュ》を受けてる』

「あー」

エントランスで見かけたあの連中か、と思った。

「巻き込まれるような場所にはいないよ。怪しい連中がいるなってのは見えてたし」

『そうじゃなくて、早く身を隠せって。梧桐《ごとう》たちが動いてる』

一瞬。

雨音がどこか遠くに消え去ったような錯覚をおぼえた。

脳の奥のほうが、冷水を浴びせられたように冷え込むのを感じた。

いるのか。

あいつが。

いま。

あそこに。

「……懐かしい名前を聞いたな」

過呼吸になりかけていた息を抑えながら、うめくように言う。

産業スパイの仕事は、ほとんどの場合、目立たないものになる。パスワードのひとつ、機密書類の一枚を盗み出すのに、派手なガンアクションや格闘シーンは必要ない。派手なことをして、周りに余計な影響を与えてしまうと、せっかくこなしたばかりの仕事が無駄になることだってありうる。だからどうしても、地味になる。

何事にも例外はある。

梧桐は、その例外の請負人として悪名の高い一人だ。

そして、江間宗史という個人にとっても、忘れがたい名前だ。

「潰《つぶ》されるのか、あの研究棟」

『たぶんね。一緒に潰れたくはないでしょ』

それは嫌だなあ、と思う。そして梧桐の名が出てきた以上、これは、誇張や冗談ではなく、下手に関われば普通に命に関わる案件だ。

「そりゃもちろん――」

答えながら、顔を上げる。

目を疑う。

遠く、雨に煙る視界の彼方《かなた》――先ほどの分かれ道を、ひとつの人影が走り抜けていくのが見える。傘は差していない、雨に濡《ぬ》れるのも構わずに、髪を振り乱して。

輪郭もしかとは見えていない。そもそも視界に入っていたのは一瞬だけだった。それでも、それが誰のものなのかを、察せた。

真倉沙希未。

ついさきほどそこの道で別れたばかりの、彼女。

なぜ道を引き返しているのか。それもあんなに急いで。

そんなもの、ひとつしか考えられない。どうにかして父の職場の異常に気づいたのだ。そして、助けになるべく駆けつけようとしているのだ……そこで何が待ち受けているのかを、まったく知らないまま。

最先端の研究をしている場所なら、よその組織に狙われてもおかしくない。つい先ほど彼女にそう吹き込んだのは、他でもない、自分だ。

『もしもし？　江間サン？　おーい？』

「悪い」

『ん？　どうしたん、何かあった？』

「あとでかけ直す」

『え、あちょっと、もしも――』

通話を切り、スマートフォンを尻《しり》ポケットに突っ込むと、

「死にたくねえんだけどなあ！」

傘を捨て、豪雨の中を走り出した。

（3）

競合組織を無力化したいとき、倫理や道徳を無視するならば、一番確実な方法はなんですか、と。そう聞かれれば、大抵の人はこう答えるだろう。

その競合組織それ自体を、消してしまえばいいんじゃないか。

梧桐率いるチームの今回の仕事は、以下のような感じだ。

まず、モニタ室を無音制圧した。研究施設というものには、当然、事故を防ぐための

様々な備えがされている。だから、まずそれらを黙らせる。室内空気組成の変化やら実験動物のケージの異常やらを監視しているシステムは、ここから一通り制御可能。火災報知機やスプリンクラーは市販の制御システムで管理されているので脆弱《ぜいじゃく》性は既知、片手間で走らせた偽装《カモ》系プログラムひとつで眠らせられる。

棟内の見取り図をもとに、効率的な燃やし方はシミュレーション済み。どこでどう火の手をあげて、どのように空調を動かせば、どのように火が回っていい感じにすべてを丸焼きにしてくれるかはわかっている。そのために必要な追加燃料は、外から持ち込んで、自然な感じに棟内の各所に配置しておく。

すべての準備が終わったら、作戦開始だ。

ガス爆発に見せかけた爆発が起きる。火が燃え上がる。サイレンは鳴らない。スプリンクラーも運悪く故障していて消火ができない。職員たちは混乱する。出口に殺到しようとする。次の爆発が起こる。何人かの怪我人が出る。パニックが進行する。火が燃え広がる。貴重なデータが、試料が、無慈悲な熱の中に消えていく。

「んんー……いいねえ」

モニタ室、監視カメラ越しに混乱のただ中にある棟内を眺めながら、中年男が一人無《ぶ》精髭《しょうひげ》を撫《な》でている。

「やっぱこうでないとな。こちとらジェームズ・ボンドに憧れてスパイ稼業始めてんだ、火の海と爆発を潜り抜けねえと調子が出ねえ」

「ファンに聞かれたら怒られそうな憧れ方してますね」

薄手の手袋をはめた手でキーボードを軽快に叩《たた》きながら、部下の小男が言う。

「怒らせとけって。ファン活動ってのぁ元来自由なもんだろ？」

「その原則も、法律と常識の範囲内でっていう不文律の上にあるんですけどね」

軽口を交わしている間にも、状況は進行する。

計算された爆発が、炎が、様々なものを飲み込んでいく。

◇

梧桐のやり口は知っている。事故に見せかけて、ひとつの建物を潰すのだ。

そのとき、死人の数にはあまり頓着《とんちゃく》しない。生きたければ必死に生き延びろ、届かなければ大人しく死ね、それが彼のスタンスだ。

もちろん、ただ放置するという話ではない。殺すべき者はきちんと狙って殺す。具体的には、最初からターゲットとして指定されている者と、現場からよけいなものを持ち出そうとする愚か者。そういう連中を見つければ、梧桐は決して逃がさない。

中から逃げてきた職員と野次馬とで、正面エントランスは混乱のただ中にある。消防車の到着にはまだかかるらしい。

手近な白衣の男を捕まえる。

「女の子が来なかったか」

「あ、ああ、真倉課長の娘さんが、いま、飛び込んで……」

大当たりだ。思わず舌打ちする。

「彼女はどこへ向かった」

「たぶん実験室Cだ、父親がそこにいるはずだと」

最後まで聞かずに、息を大きく吸って、駆けだす。

背後に静止の声も聞いたが、構わず振り切る。

エントランスを見渡す。

サイレンもスプリンクラーも動いていない。なのに、監視カメラは生きている。案の定だ、梧桐はどうやらモニタルームを制圧し、そこからこの災害をコントロールしている。外部から棟内のシステムをハッキングすることも考えたが、まずうまくいかないだろうし、何より時間がかかりすぎる。諦《あきら》める。

カメラに映らないよう、そして（もしかしたらいるかもしれない）梧桐の手下たちにも見つからないよう、研究棟の奥へと入っていく。

（……糞《くそ》ッ）

火事場の空気は有毒だ。呼吸は最低限に抑える。

全身が雨で濡れているのは好都合、しばらくは燃えないだろうし、袖《そで》で多少は煙をしのげる。しかしそれを加味しても、活動可能時間はせいぜい五分。その間にすべてを終わらせなければいけない。

（燃えてる）

目に映るもののすべてが、いや、五感に届くすべてが、嫌な記憶を刺激する。出来ることなら二度と近づきたくなかった地獄に、いま自分は、わざわざ飛び込んでいる。なんでそんな愚かなことを、と自身を責める心がある。早くここから逃げるんだ、と自分を急き立てる心がある。それらを意志で黙らせながら、奥へ進む。

姿勢を低く保ち、障害物に足をとられないように、それでいてそれらの陰に身を隠しながら、滑るように、駆けるように、奥へ、奥へ。

実験室Cを探せ。

◇

「ん、まただ」

モニタ前の小男が、指を止めた。

「どうした」

「外から飛び込んだやつがいます。今度は若い男。近所の英雄志願かな」

「あー」

梧桐は天を仰いだ。

「やめてくれよなー。危ないのは見てわかれよなー。死ぬじゃんそういうやつ。俺が殺したみたいになっちゃうじゃん。火は危ないって義務教育で習わんかったんかね？」

「自分から死ににきただけってのは同意しますけど、それとは別に、我々が殺した事実に変わりはないと思いますけどね。裁判所もそう言いますよ」

「いやいや、事実とか法律とかどうでもよくてさ。気分って大事じゃん。悪いのはあいつ、だから俺は悪くなくて正しい、そう言い張れているうちは心がハッピー」

「世間でよく聞く主張ですけど、発想のレベルからもうクズの極みですからねそれ」

◇

二階最奥に、目当ての実験室Cはあった。防火扉の類が片っ端から開け放たれているおかげで、そこまでの道を遮られることはなかった。

扉の陰から、中を確認する。

「な……？」

肺の中の空気が貴重だと理解していながら、声が漏れた。

蜘蛛《くも》の巣《す》、という言葉が一瞬頭に浮かんだ。

床に。

壁に。

天井に。

それらを繋《つな》ぐ空間に。

炎に照らされ、薄紅色の何かが広がっている。

すぐに目についたそれは繊維状に細く伸び切っていたが、よく見れば床や壁に張り付いているのは布地のように薄く広がったもの。そして、塊のような何かもいくつか転がって見える。正体は不明だが、おそらくはこの塊の形状が本来の姿で、そして、薄く細く伸びているのはそれが変形したものなのだろう。

粘菌、だろうか。もしくはそれに近い何らかの生物、なのだろう。

この場所で研究されていた、画期的で革新的な研究とやらの対象。

炎から逃げるように、生き延びたいのだと訴えるように、それらは我が身を広げ、伸ばしているのだ。しかしその端から炎に炙《あぶ》られ、少しずつ、灰になっていく。

「……くっ」

異様な光景に見入っている場合ではない。目的を思い出し、部屋へと踏み込む。

すぐに、見つけた。

机の陰、倒壊した棚の下敷きになるようにして、白衣の男が倒れている。その胸元に縋《すが》りつくように、真倉沙希未が動かずにいる。駆け寄る。

「沙希未ちゃん」

呼びかけると、わずかに身じろぎしてみせた。

男の首筋に指を当てる。瞳孔《どうこう》を覗《のぞ》き込む。

死んでいる。

ネームプレートの名前を確認する。真倉健吾《けんご》。

思い出す。六年前、沙希未の家庭教師をやっていたころに何度か見た顔だ。柔和で、いかにも家族思いといったよき父親だった。心臓に持病があるとかで、ドーナツをおいしそうに食べては妻や娘に叱られていた。発作を起こして逃げ遅れたのだろうか。宗史は一瞬だけ目を閉じて、その死を悼む。

「沙希未ちゃん」

父親を亡くしたばかりの娘に、再び呼びかける。

反応はない。

怪我をしていると気づいた。脇腹の辺りが赤く汚れている。

傷の程度を詳しく確認したいが、今ここでは、その時間すらない。動こうとしない沙希未を強引に抱き上げる。

息が苦しい。炎の勢いが増している。来た道を引き返している時間はない。ここは二階だが、ほとんどの窓は封鎖されていて開かない。

どうにかして脱出路を探さなければいけない。

（…………ちっ）

視界の隅に、小さく赤い光を放つ、動作中の監視カメラが見えた。

◇

「あれ……」

小男が首を傾ける。

「今度はどうした」

「さっき入ってきた男、見つからないんですよ。ほとんどカメラに映らない」

いくつかのモニタを、順番に指さす。

「まあどっかで力尽きてるとは思うんですけど、だとしても、走り回ってる姿がちょっとくらい見えてもいいはずなんですよね。なのに、エントランスでちょっと全身が見えたくらいで、あとはもうまったく気配もなくて」

「はぁん？」

梧桐は顎《あご》を撫《な》でる。

「それはあれか。カメラの死角を縫って動いてるってぇのか」

「考えすぎかもですけど。入口近くでブッ倒れてそれっきり説も、あります」

「そうか。まあ、そうだろうが」

梧桐は数秒ほど押し黙る。

「巻き戻せるか。エントランスで、そいつがちょっと映った画像とやら」

「それはまあ。気になりますか」

「気にするさ。仕事ってのはな、大胆にそれでいて繊細にってのが重要なんだ」

「それっぽく聞こえますけど、純度百パーの戯言ですよねそれ」

モニタのひとつの時間が止まり、遡《さかのぼ》り、そして問題の画像を映して止まる。

「こいつか」

「こいつです」

画質は悪い。研究棟に飛び込もうとしている人物がいることはわかるが、その詳細がわかるほどの特徴は読みとれない。

「静止画だとわからんな。少し動かしてくれ」

梧桐の目が、まばたきもせずに、画像の中の人物を追う。

指示通り、切り取られた数秒の時間が、モニタの中で繰り返し表示される。

「なんかわかりました?」

「いや……ただ、なんというかな」

梧桐は頭を掻《か》き、

「どこかで見た奴な気がするんだが、思い出せん」

「ということはご同業?」

「ありうるな。あー、どこで見たんだったか……」

別のモニタを。

人影がひとつ、横切っていく。

「あ」

「おう」

画像が巻き戻される。再生される。先のエントランスの映像とは比べ物にならない鮮明さで、その人物の姿が映し出される。

男。二十代半ば、若い女を抱きかかえ、しっかりした足取りで通路を進んでいる。

顔は見えない。角度的には見えていてもおかしくないのだが、しっかりと隠している。

「気づかれてますね、カメラ」

「かつ、ここで見てる俺らのことを知ってる動きだな」

感心したように梧桐は呟《つぶや》き、そして、凶悪に唇を歪《ゆが》める。

「つまりはまあ――どこのどちらさんかは知らねぇが、俺らの仕事を邪魔しに来た敵ってえのは確定だ」

◇

大雨に体を打たれながら、肺一杯に外の空気を吸い込む。

脳に急に酸素を送り込んだせいで、一瞬だけ、ひどい眩暈《めまい》に襲われる。ふらつきそうになった足元を、どうにか立て直す。

脱出には成功した。

しかも好都合なことに、ここはエントランスとは反対方向であり、辺りに人の目はない。今なら、静かにこの場を離れることができるだろう。

服の上から、沙希未の体に触れる。違和感は小さい。出血こそ派手に見えたが、脇腹の傷はどうやら小さかったらしい。とはいえもちろん、放置はできない。ここに至り、いまだに応急手当すらできない状況だということが、ひたすらにもどかしい。

さすがに気づかれているはずだ、と思う。

最後までカメラの死角だけを選んで動くことはできなかった。封鎖されていなかった休憩フロアの窓を叩《たた》き割り、そこから脱出するためには、どうしてもカメラのひとつに身を晒《さら》す必要があった。いちおう顔は隠したものの、ある意味ではだからこそ、素人《しろうと》ではない何者かが入り込んでいるという情報を与えてしまった。

急いで逃げなければいけない。

雨が強い味方となってくれた。逃走者の姿を隠し、音をかき消してくれる。人目を避けながら、沙希未を抱えたまま、研究棟から距離をとる。

物陰で、スマートフォンを取り出す。

いかに防水機能がついていても、濡《ぬ》れたタッチパネルは思うように機能してくれない。どうにかこうにか、苦労して『おしゃべり屋』を呼び出す。

『なにやってんのさ江間サン、マジ正気⁉』

どこで何をしているのか、すべてお見通しであるらしい。いきなり叱られた。

「あー……そうだな、正気《そいつ》はちょっと自信ないかな」

『ああもう、生きてる⁉　無事⁉』

「今のところはなんとか。ただ、一時間後はわからない。梧桐に感づかれた」

　電話の向こうから、絶句の気配が伝わってくる。

「なので、頼みがあるんだけど――」

『あああもう、しょおおがねえなこの人は！』

　何かが吹っ切れたような、いや、無理矢理吹っ切ったような大声。

『そこからなら、ああ、深路の三丁目方面に移動してくれ。ちょうど、しばらく使ってないセーフハウスがある、いったんそこに身を隠して様子を見ること、いいね⁉』

　ほぼ同時、マンションの住所と外観、さらには鍵《かぎ》の保管場所のデータが送られてくる。

「助かる。非常に助かる。それで、助かるついでにひとつ聞きたいんだけど」

『何⁉』

「そこ、女の子も連れ込んでいいか？」

『…………』

　たっぷりと沈黙の時間を挟んでから、

『え、マジで、何？』

　低いトーンで、尋ね返された。

(4)

鍵を開けて、指定の部屋に入る。

フローリングの1DK。ほとんど調度を置いていないせいで、実際の敷地面積よりも広く見える。かすかに埃《ほこり》が臭ったのは、しばらく人の出入りがなかったせいか。

軽く見まわして、目につく異常がないことを確認。空気を入れ替えようかと窓に伸ばした手を、すぐに引っこめる。状況が状況だ、少し慎重にいこうと思う。

カーテンを閉めて、灯りをつけた。

「ごめん」

傷を診ようと思い、小さく謝りつつ、血に汚れた沙希未の服をめくりあげる。安定した光の下で見た沙希未の脇腹は、もちろん、赤く血に汚れていた。

そしてその下に、

「……ん？」

傷口が見つからなかった。

汚れをタオルで拭《ぬぐ》う。白い肌が露わになる。

脇腹。具体的には、外腹斜筋の下部、鼠径部から臍《へそ》部のすぐ脇。血の広がり方からすると、この辺りに数センチ大の裂傷があるはずだ。なのに、見当たらない。内出血めいた薄紫色の染みが、わずかに見える程度。

指先で肌を軽く撫でる。

なんだろう、と思う。小さな違和感がある。少しだけ、硬い……ような気がする。

指を滑らせ、腹のほうに触れる。やわらかい。脇腹に指を戻す。やはり硬い。炎症を起こしているだとか、筋肉が緊張しているだとか、とは少し違うように思えるが。

「う……」

沙希未が、かすかに、苦し気な息を漏らした。我に返り、慌てて指を離す。

多少の不可解は残れど、傷がないというのなら、それに越したことはない。

負傷していたのは父親のほうだったのかもしれない。娘がその遺体に縋《すが》りついた時に血がついて、慌てていた自分が見間違えたとか。かなり無理のある考え方ではあるけれど、実際に傷が見当たらないのだから、それでよしとするしかない。

沙希未の額に手を当てる。熱が出ている。

精神的にも身体的にも疲労しきっているのだろう。傷のことはひとまず忘れて、早く休ませなければいけない。

相手が若い女性だということはいったん忘れる。バスタオルを何枚かまとめてひっつかみ、気を失ったままの沙希未の全身を拭《ふ》く。服を脱がせ、クローゼットにあった新品のジャージを着せる。

寝室のベッドに横たえる。

台所の棚を漁り、常備薬の箱を見つけた。経口の解熱剤を取り出し、コップ一杯の水とともに、再び寝室へ。

「……せん……」

声が聞こえた。

沙希未の手が持ち上がり、こちらに差し伸べられているのが見える。

意識を取り戻したのか、と、ひとつ安心する。

「………江間……せん……せ……」

「ああ」

苦しそうな息の下からだが、名を呼ばれた。

「僕はここにいるよ。大丈夫だ」

手を握り、声をかけた。

「おね……い……」

「ああ」

「たす、け……あ……て……」

「ああ、もちろんだ」

力強く頷《うなず》き、請け負った。

もちろん、こちらは最初からそのつもりだ。躊躇《ためら》いはない。

「君のことは必ず助ける。安心していい」

沙希未はわずかに唇を歪め、何かを続けて言おうとして――

目を閉じた。

そしてそのまま、また、眠りに落ちた。

「沙希未ちゃん？」

声をかけても、反応はない。

呼吸は浅いが、安定している。用意した解熱剤をナイトテーブルの上に置く。今は心身を休めさせるのが一番だろう。

「おやすみ」

部屋を出る。

◇

壁のアナログ時計の針が、九時を回った。

耳障りな音のインターフォンが鳴った。

モニタを覗《のぞ》いて来訪者の姿を確認する。銀色に染めた髪、浅黒く焼いた肌、色の濃いサングラスに派手な柄のシャツ。じゃらじゃらと無数に下げたチェーン系のアクセサリ。白い歯を見せて軽薄に笑っている。

『よっすオレですよ。陣中見舞いとか持ってきたから、入れてよ』

知った顔と、知った声だ。宗史は扉を開けた。


「すげぇなあ。やっぱ江間サン、すげぇよなあ」

語彙《ごい》を失ったかのように、その男、篠木孝太郎《しのぎこうたろう》は「すげぇ」を連呼している。

そのふざけた喋《しゃべ》り口は、先ほど電話口で聞いた、『おしゃべり屋』のそれである。

色々な人と話し、色々な相談を受けて、時に色々な人を紹介したりもする。そんなあれこれの中で生活の糧を得ている。ゆえにこの男は『おしゃべり屋』を自称する。あまり人に好かれる性格ではないが、当人の要領のよさゆえか本気で嫌われることも少なく、ゆえにその人脈は薄くて細くて、そしてとても広い。

「いまどきガチでＪＫ拾いました案件をやる奴、あんまいないよ？　なんだかんだで犯罪だしリスキーだからね。刑法２２４条とか怖くない？　オレは怖い」

「いろいろ誤解があるようだけど」

どの誤解から解いたものか、少し考えてから、

「あの子は高校生って年じゃないよ。もう大学行ってるらしい」

ズレたことを言ってしまった。

「そっかー。んー、小さいことみたいだけど、ジャンル的にはそのへん重要だよな。成人男性から見た、高校生と大学生の間にある大きな壁。やっぱりあれだよな、大学受験終わっちゃった後だと、青春っぽさが一気に消えちゃうもんな。若者と一緒に青春を取り戻したいってオジサンニーズには、大学生じゃ応えられないよねぇ」

「君が何を言っているのか、僕にはいまいち理解できない」

「リアルでやったときに犯罪だってのもポイントだよなあ、背徳感は大事なスパイスだよ実際。実際の罪がどこに行くかはともかく、共犯関係になるわけだしな。これはでかいよ。大人同士じゃただの同棲《どうせい》だし、なんていうか生々しくなっちゃうんだよね」

「できればそろそろ、現実の話を進めたい」

「オススメの本、いくつか紹介しようか？」

「いらない」

軽く手を振る、

「話を進めよう。梧桐たちの様子、今どうなってる？」

「あれだけの大作戦の最中だからね、まだそっちに注力してる感じ」

それはそうだろうな、と思う。

研究棟を焼く、あのとんでもなく大雑把な破壊工作《サボタージュ》は、依頼者側の強力な隠蔽《いんぺい》を大前提としてしか行えない。不自然な防災設備の不調、不自然な出火と延焼、後から警察が調べればいくらでもボロが出てくるだろう。最先端研究の場だからなどの理由で、捜査それ自体を阻んでもらう必要がある。そのためにも、撤退前に、わかりやすい証拠はできるだけ処理しておかなければならない。

怪しい人影を見たからといって、その追跡に割ける余力はそう多くないだろう。

「オレがここに来るときにも、特におかしな気配はなかった。当分は安心してよさそう。でも、時間ができたらすぐに捜し始めると思うよ、正体不明の火事場のスパイを」

「だろうね」

それもそうだろうな、と思う。

研究棟は燃えた。そこで進められていた研究は炎の中に消えた。それで梧桐たちの仕事は終わり——とはならない。

燃える研究棟にわざわざ飛び込むような人間がいた。そいつはどうやら、研究施設侵入の術理と技術を持ち合わせているようだった。となれば梧桐たちの導き出した結論はひとつ、『研究データを持ち出された』だ。それは、施設ひとつを潰《つぶ》してまであの研究を止めたかった彼の依頼者にとって、都合の悪い事のはずだ。追っ手を放たない理由がない。

（実際、持ち出したわけだしな）

宗史のズボンのポケットの中には、ひとつの、ＵＳＢメモリが入っている。あそこから連れ出した際、沙希未が落としそうになったものだ。

「でまあ、いちおう言っとくけどね。あの子、早めに手放したほうがいいとは思うよ」

だろうな、と宗史は思う。それは妥当な判断だ。

「ただの小競り合い程度ならよかったけどさ。派手に火をつけてまで消そうとした研究の関係者だろ？　リスクが大きすぎるし、リターンがなさすぎる。『自主的に助けを求めてきた相手だけを、対価を受け取りながら助ける』がポリシーなんだろ？　この状況に見合った金を、その子が払えるとも思えないけど」

「それはその通りだけど」

宗史は首を横に振る。

「……本当にその通りだ。何やってるんだろうな、僕は。……でも、」

「わかってる、見捨てる気はないんだろ。いいんじゃねえの、たまには曲げてやったほうが、ポリシーの健康にもいいってもんだ」

よくわからないことを言いつつ、孝太郎は肩をすくめる。

「いちおう言っとく必要があると思っただけだ。オレにゃ、江間サンの『見捨てられない』にとやかく言える資格はねえよ」

「そうか？」

「そうだよ。ったく」

ぐるりと部屋を見渡して、

「素性は知られている前提で動いたほうがいい。当面はここで、二人とも静かにしていたほうがいいだろうね」

「まあ、そうだな。いま自宅に近づくのは楽観がすぎる——って、二人？」

「二人」

それはそうだ。梧桐に追われる理由は、自分と沙希未の二人ともにある。身を隠すべきという事情も同じ。

「……そうか、二人か」

「んー？　なに、気にしちゃう？　そうだよねー江間サンも若い男だもんね、可愛い女と一緒に暮らすとなると、自分を信用できなくなっちゃうかー」

「そういう問題じゃない」

わかってるだろう、と軽く睨《にら》みつけてやる。

「そりゃ、わかってるけどさ」

軽薄な笑みを引っ込めて、孝太郎は、ややばつの悪そうな顔になる。

「まさか別に匿うってわけにもいかないでしょ。いくら江間サンが独りでいたいって言っても、この状況じゃしょうがない」

「そうだな」

重い息を吐きだす。

独りでいたい、というのは宗史にとって、それなりに切実な願いだった。しかし、いま優先すべきものは何かとなれば、考えるまでもない。

「籠城《ろうじょう》できる最低限の備蓄は置いてあるけど、同居人つきで中長期となると、足りないものも出てくるかな。補給は信用できそうな知り合いに頼んでおくから、要るものあったら言ってよ」

「世話になる。いくらぐらいになる？」

「ドーイタシマシテ、あとで請求書にまとめとくよ」

ひひ、と孝太郎は笑う。

肩が揺れて、アクセサリがじゃらりと小さく鳴る。

「オレはね、今も昔も、江間サンをリスペクトしてっからね。『自主的に助けを求めてきた相手だけを、対価を受け取りながら助ける』ってアレもね。そりゃね、助けを求めてもらえた以上は、対価が期待できる範囲で手ぇ貸そうってもんだよ。それにさ」

一拍置いてから、続けて言う。

「いつもは何でも一人でどうにかしちゃうようなソロプレイヤーが、わざわざオレを選んで頼ってくれてるんだからねえ。報酬関係なく、やる気も出るってもんだ」

（5）

どうして自分は、こんな人生を送っているのだろう。

江間宗史は、時々そんなことを考える。

もちろん、最初からこんな人間だったわけではないのだ。少なくともあのころ、六年前には、宗史はまだ平凡な大学生だった。平凡ではあったが、他の人間よりも多少世間知らずで、正義漢で、しかも無駄に行動力があった。困っているひとを助けるのは正しいことだと信じ、しかも、できる範囲で実行していた。

生活はやや苦しく、塾講師や家庭教師のバイトをいくつか掛け持ちしていた。その中で受け持った生徒たちの中に、真倉沙希未がいた。当時の彼女は十三で、中学生で、つまりまだ——多少大人びた考え方をする子ではあったが——子供だった。

六年。

それが長い時間だったのだと、沙希未を見て思い知った。十三の子供は十九になり、見てすぐにはそうと分からなかったほどに成長した。

六年。

子供が大人になれるだけの時間を遣って、もともと大人だった宗史は、ただ堕ちた。取り返しのつかない失敗を重ね、少しだけ世間を知り、ひとと関わることに臆病《おくびょう》になった。

世間に対して胸を張れない技術と経験と実績を培い、日陰を選ぶようにして生きてきた。

昔の自分とは、似ても似つかない人間になった。

◇

寝室。

やぼったい赤ジャージを着せられた、真倉沙希未が静かに眠っている。

発熱は落ち着いたようだった。まずは安心する。

「…………」

綺麗《きれい》な子だと、改めて思った。

顔立ちだけの話ではない。こうして静かな場で見ると、再会した直後とはまた印象が違う。透き通っているというか、儚《はかな》げというか。どこか触れがたい不思議な雰囲気が漂って感じられる。

その顔を見ながら、ぼんやりと、先ほどのことを思い出す。

「……『江間先生』、か」

六年前と同じように、この子は、宗史のことを呼んでくれた。現在のこの宗史を、六年前の江間宗史の延長上にいる同一人物であると信じて、接してくれた。

たぶん、そのせいなんだろうと思う。

なぜ現在の自分自身の生きる指針を曲げたのか。やるべきではないと百も承知の上で、自分はなぜ炎の中に飛び込んだのか。梧桐などという災害でしかない案件に近づいたのか。そうしてまで沙希未を死なせたくなかったのか。それらすべての理由だ。

彼女が過去の自分を覚えていてくれたことが、嬉《うれ》しかった。だから、失いたくなかった。

それだけだ。

「やっぱり、僕は、馬鹿だな」

呟《つぶや》くように、自分を嘲《あざけ》った。そう悪い気分では、なかった。

常夜灯の淡い光の下、沙希未のまつげが、かすかに揺れた。

ゆっくりと、まぶたが開く。

ああ、意識を取り戻したのだと思った。

安堵《あんど》が心に満ちる。頰が緩む。

「沙希未ちゃん」

名を呼んでから、もしかしてこれはまずいのかな、と気づく。

いまの彼女は立派な大人である。六年前、中学生時代と同じように呼ぶのは、子供扱いをしているということになるのではないか。

いや、まあ、いいか。開き直る。散々連呼しておいていまさらでもあるし、なんなら後で、どう思うのかを本人に確認しよう。

「あーっと……」

考えながら、言葉を紡いでいく。

「少しややこしい状況になったんだ。混乱しているとは思うけど、まずは落ち着いて話を聞いてほしい――」

青みがかった黒瞳《こくどう》が、黒瞳だけが動いて、宗史を見た。

そのまま、数秒を制止する。

ゆっくりと、腰の力だけを使って、上半身を起こした。

「――沙希未ちゃん？」

首が回って、宗史の姿を、顔の正面に捉《とら》えた。

まるで、球体関節人形の駆動部分をひとつひとつ順番に操作しているような動きだった。

何かがおかしいと、さすがに気づけた。

「沙……」

気のせいだ、と宗史の心が叫んだ。いまはまだ寝起きで意識がはっきりしていないだけだ、事件のショックで混乱もしているんだ、すぐに元の彼女に戻るはずだと。

冷たい汗が、頰を伝い落ちた。

「具合でも、悪いのか？」

「………」

返答は、ない。

それどころか、反応自体が、ない。

表情が動かない。目の焦点も合っていない。まるきり、本物の人形のように。

「もしかして、意識がはっきりしてない？　もう少し寝ていたほうがいい？」

頷《うなず》いてほしい、と願った。

そういう、わかりやすい現実的な原因があるのだと思いたかった。

しかし、そうはならなかった。現実的な原因による変化だと自分を納得させるには、目の前の娘のこの姿は、非現実的でありすぎた。

この少女の雰囲気を、先ほど自分は、触れがたいものだと評した。どうしてその時点で気がつかなかったのか。それは文字通り、その気配が、人間のものからかけ離れてしまっているからだったというのに。

長い髪は金を帯びて靡《なび》き、白雪の肌はどこまでも冷たく。淡い真珠の唇が小さく震えている。青みがかった黒瞳が、虚ろにこちらを見つめている。妖《あや》しげに、儚げに。

目の前のこれは、本当に、人間《ひと》なのか。そんな簡単なはずの問いにすら、答えを見つけられない。

「君、は……」

口の中に湧いて出た苦い唾《つば》を飲み下し、宗史は、尋ねる。


「君は、何だ？」


数秒の――あるいは数分だったかもしれない――時間を隔てて。

薄い唇が、ゆっくりと開いた。

「き、み――」

耳元で囁《ささや》くような、かすかな声。

もちろん親愛の意図などではないだろう。どちらかといえば、はっきりとした声を出す方法がわからないから、意図せずそういう発声になったという風だった。

「わた、し――は――」

まばたきのひとつもせずに、焦点の合わない目を、ただまっすぐにこちらに向けて。

「わたし、は――なに――？」

まるで答えになっていない。そして同時に、これ以上なくわかりやすい回答となっている言葉を、小さな音にして吐き出した。

二日目：

day：2

時折、思うのです。
本当は、私に見えている世界のすべては、
ベニヤ板と藁《わら》人形《にんぎょう》でできていて。
私一人だけがそのことに気づかずに、
滑稽《こっけい》な人形劇の中を生きているのではないかと。

――早良《さわら》和泉《かずみ》『繰《く》り糸の城』

彼女にはまだ名前がない

(1)

孝太郎《こうたろう》から借りたノートPCを立ち上げる。

がちがちに固めた箱庭領域《サンドボックス》を用意してから、USBメモリを差す。いちおう簡単なパスワードを要求されたが、総当たり《ブルート》で破れる程度の単純なものだった。ツールを立ち上げ、二秒弱で突破する。

いくつか並んだファイルのひとつ、『簡易報告書』と名付けられたものを開く。おそらくは会社の上層部に提出するはずの報告書だったのだろう、簡単なデータつきの様々な研究レポートが、そこにあった。

「おいおいおいおい……」

この研究を焼くために、研究棟が燃えたのだ。真倉健吾《さなくらけんご》が死に、真倉沙希未《さきみ》が倒れ、梧桐《ごとう》に目をつけられることになったのだ。

昨夜、沙希未が持ってきたものだ。おそらくは、沙希未が今日研究棟を訪れることになった理由の、「お父さんの忘れ物」そのものだろう。話を聞いた時にも呆《あき》れたものだが、実際の中身がこれほどのものだとなると、もはや衝撃を受ける。

セキュリティツールは当然のように沈黙している。ウィルスを含めた攻撃的プロセスが立ち上がる気配はまったくない。どうやらこれらは、囮《おとり》などですらなく、本当に本物の、ただの機密書類なのだということらしい。

「こんなもんをご家庭に持ち帰ってたのか……」

頭が痛くなりそうではあるが、まあ、あそこのセキュリティの甘さを今さら嘆いたところでどうにもならない。そして今は、そんなことに費やしていられる時間がない。

切り替えて、中身に目を通す。

『わたし、は――なに――？』

先刻にその一言を紡いだ後、真倉沙希未は――少なくとも昨日の夕刻までは彼女であったその人物は――苦悶《くもん》に顔をしかめ、意識を失った。

もう、熱は出ていなかった。

宗史《そうじ》はしばらく呆然《ぼうぜん》とその寝顔を見ていたが、我に返ってすぐに、事態の把握のために動き出した。

直観が告げる『彼女はもう沙希未ではない』という結論を、もちろん簡単には受け入れられなかった。根拠は自分の受けた印象だけだし、あまりに荒唐無稽《こうとうむけい》がすぎるというか、現実的ではなかった。一時的な記憶の混乱だと考えるのが妥当、というかリアリティのある唯一の回答だと思った。

だから、それを裏付けるような答えを、そこに辿《たど》りつくための手がかりを、求めた。

「……出所不明の謎の肉片」

宗史は、生物分野に特に明るくはない。専門的な記述は読み飛ばし、理解できるところだけを追う。それでも、わかることは多い。

「コル＝ウアダエ。……幽霊の心臓《コル＝ウアダエ》？」

変な名前をつけるものだと思う。読み進める。

いわく、万能細胞のような性質を持つ。

いわく、他の生物の細胞と溶け込むようにして融和し、一部となる。

なるほど、実に商品価値のありそうな話だ。というか、書かれていることがほとんどSF映画の領域だ。実用化したなら、人類の未来にも大きな影響があるだろう。

人の想像の及ぶ程度のことならば、人の誰かが実現できるはずだ——とは古いSF作家の言葉だったか。これが事実だというなら、会社の次期主力商品として期待するのも、専務派とやらが危険視するのも、潰《つぶ》しに来るのも、すべて頷ける。

「あれが、そうか」

思い出されるのは、あの実験室Cで見かけた、薄紅色のナニカ。うまくすれば人類の未来を担えたはずのそれは、たぶんすべて、灰になった。

「……ラットを使った実験には成功。その後の知能テストに変化あり……」

使われたラットが『アルジャーノン』と名付けられていたと知り、小さく笑ってしまう。世界で一番有名な実験用ラットの名を、何のひねりもなくそのまま借りる。さすがに安易にすぎるだろうと思う。

読み進める。アルジャーノン君こと問題のラットは、その後の知能テストで優秀な成績を叩《たた》き出した。単純に脳の能力が上昇しただけとみる研究者もいたが、レポートの作成者である真倉氏自身は、どうやら懐疑的な立場をとっているようだった。賢いとか愚かとか、そういう軸の問題ではなく、鼠《ラット》という生物にふさわしくない判断を下しているように見える、と。彼はそんなふうに考えていたようだった。

――これは、本当に、まだラットと呼べる生き物なのか？

おそらくは消し忘れと思われるメモに、そんな一文が走り書きされてすらいる。

（ああ……）

探していた答えが、そこにある。絶望的な気分で、天井を仰いだ。

真倉健吾のこの危惧《きぐ》は、つまり、正解だったのだ。

あの謎細胞、コルなんちゃらを受け入れたアルジャーノンは、それまでのような実験用ラットではなくなっていたのだ。

同じ細胞を受け入れた真倉沙希未が、それまでの真倉沙希未とは違う生き物へと変容してしまっているように。

記憶転移、という言葉を聞いたことがある。

内臓が——眼球やら肝臓やら心臓やらが移植された際に、移植元の記憶や感情が残っていて移植先の人間に影響を与える、という現象のことだ。そういうテーマのフィクションも、いくつか見たことがある。

しかしあれは、あくまで架空の概念。

現実にそのようなことは起こりえないとされているはずだ。

確かに、現実にそういった事例が数多《かずおお》く報告されてもいる。が、医学的には、そのすべてが錯覚などの類だと解釈されている。臓器移植に至るまでの状況、および移植を行うという状況自体から生じるストレスが、そう感じさせているだけだと。

ノートPCから顔を上げる。

カーテンの隙間から、光が差し込んでいるのが見える。

朝が来た。

◇

寝室の扉を開く。カーテンから漏れる陽光を浴びながら、〝沙希未〟は、表情のない顔のまま、ベッドに半身を起こしていた。

気配に気づいたかのように、こちらに顔を向ける。

人形のようだという印象は、昨夜と変わらない。

どう接したものかと、迷う。

「……僕の声が、聞こえているか」

距離を空けたまま、問う。

「はい」

ゆっくりと、娘の頸《くび》が、縦に揺れた。

「ことばを、理解できているんだな」

「はい」

未知の生命体とのコンタクトが成立している。ああもう、この体験が既にＳＦだ。

「お前は、沙希未ちゃんでは、ないんだな？」

しばらく待つ。

答えはない。

「お前自身について、思い出せたことは、あるか？」

黙り込む。答えられないのか、と思う。

そのまま時間が経ち、宗史が次の問いをぶつけようとしたところで、女の口が開く。

「区別が、できない」

「それは……」

言葉の少ない彼女が何を言わんとしているか、読み取るのは簡単ではない。

考える。

いまの回答をそのまま素直に読み解くならば——自分の中にある知識が、「思い出せた」ものなのか、それとも別の何かなのかの判別ができない。と、そんな感じになる。

思い出す、とは、自分自身の記憶に対して使う言葉だ。だから、沙希未自身と沙希未ではない何者か、複数の主体の記憶が混ざり合う中では使いづらい、と。

「私は」

ぽつり、ぽつりと、女の姿をしたそれは話す。問う。

「私とは、何、だ」

言葉だけを取り上げれば、まるきり思春期の迷妄そのままだ。

しかしこの場合、あまりにその疑問は重くて、そして入り組んでいる。

「……さっきまでと比べて、ずいぶんと滑らかにしゃべるようになってきたな」

無表情のまま、少し考え込むような間。

「ここに」

軽く握った拳《こぶし》を、自分の胸もとに押し当てる。

「さきみから、少しずつ、借りている」

「宿主の記憶も読めるのか」

「少しずつ、ならば」

宗史は考える。

普通に考えれば、人間の記憶は脳に格納されているはずだ。そして思考にもまた脳を使う。沙希未の体の中にいるこいつも、おそらくは脳を借りて思考している。しかし、借り物の脳はあくまでも借り物、本来の持ち主と同じように扱えるわけではない。

具体的には、無数の記憶を互いに接続しているシナプスを利用できないとか、そういうやつだ。記憶がそこにあるということを逐一確認し、手間と時間をかけて引き出さなければ個々の項目に触れられない。

イメージとしては、巨大な事典を抱えているようなものだろうか。知識は確かにそこにあるが、いちいちページをめくらなければ読み取れない。

読みとれば自分のもののように扱えるようになる、ということでもあるのかもしれない。時間の経過とともに、こいつは真倉沙希未の知識と経験をモノにしていく。

「さきみの記憶から、人間のこころの形を、学んだ。まだ未形成？　未完成？　だが、真似て、いる」

（ああ、そこからの模倣だったのか）

人ではないものが人の精神構造を自前で持ち合わせていないというのは、確かに道理。本来なら模倣しようと思ってできるものでもないだろうが、人の体をまるごと乗っ取ったうえでならば、ありえなくもないのかもしれない。

「お前の目的は、何だ。そのままその体を、完全に乗っ取る気ででもいるのか」

その危険性は、あると思った。

時間が経てば沙希未の記憶に馴染《なじ》んでいく、この推測が正しいなら、そのうち沙希未として振る舞うこともできるようになる。周りの誰にも気づかれず、その人生をまるごと奪うことも。

「私は」

ぽつり、女の唇は、どこか気弱に答えをこぼす。

「わからない。私は、私を、理解していない」

だから、自分自身の目的も、わからない。そう言外に付け加えた。

まあ——それはそうか、と思う。

自分というものの存在に先ほど初めて気づいたばかりの存在に、未来への展望を問い詰めたところで意味があるはずもない。

（ほんと、なんなんだよ、この展開……）

どうあれ、いまこの場では、これ以上の問答に、意味はなさそうだ。

そう結論づけたとたん、全身が疲労を思い出した。当たり前だ。昨日から走り回り、雨に打たれ、頭を抱え、その末に迎えたこの朝である。しばらく食事もしていなかった。これで平然としていられるほど超人ではない。

何か腹に入れようと思い、立ち上がる。

もともと不慮の長期滞在を見越した部屋だ、日持ちのする備蓄もそれなりに用意されている。色気も味気もあったものではないが、細かい注文をしていられる状況でもない。少し考え、壁際の段ボール箱からスポーツドリンクとゼリー飲料をいくつか取り出す。

少し考えてから、

「お前も食べておけ。その体を衰弱させるわけにもいかないからな」

言って、一つを投げ渡す。

いまの彼女の体が食事を受け入れられるかは、正直わからない。しかし、リスクを恐れて絶食させ続けるわけにもいかない。だから様子見のつもりで、まずは消化器官に負担がかからなそうなものを与えた。

「食べ――る――」

「体調を維持するための栄養素を経口摂取だ」

意地の悪い言い方になってしまった。が、もちろん女は気を悪くする様子もなく、受け取ったゼリー飲料をぼんやりと見つめている。

「——食べ、る——？」

女の首が、わずかに傾げられた。

指先が、パウチに触れる。

押したり撫《な》でたり、揉《も》みこんだり。

プラスチック栓にも触れた。押しこんだり、リズミカルに叩いてみたり。

しばらくしてようやく、その栓が回せるものだということに気づいた。あるいは、沙希未の頭の中にあった知識をようやく掘り起こせたか。いずれにせよ栓が開き、中身が溢《あふ》れ出す。

じっとそれを見てから、舌先で少しずつ、舐《な》めとり始める。

まるで、小動物のようだ、と——

一瞬そう考えて、その直後、宗史は顔をひきつらせた。

それこそハムスターか何かのようだと、可愛らしい仕草だと、そう感じていた。

好意的な印象を、抱いてしまっていた。

目の前にいるのは化け物で、人ではないうえ人智を超えた存在で、真倉沙希未の体を略取した害獣だ。警戒してもしすぎることのない相手だ。そう頭では理解している。理解しているのに、ちょっと愛らしい仕草を見せられただけで、敵意が薄れていた。

（冗談じゃ、ない）

　立ち上がる。

　こんな状況には、耐えられない。

　一刻も早く、どうにかしなければいけない。その想いが、疲れ果てた宗史の体を無理やりに動かした。

「――食べる――」

　小さくなにかをつぶやきながら、ゼリー飲料から口を離して、娘が宗史を見た。その視線を振り切るようにして、部屋を出る。

（2）

『医者に行くぅ⁉　おいおい昨日の今日で、マジで言ってんのかよ⁉』

　案の定、孝太郎には驚かれた。

「マジで言ってる。ややこしいから詳しくは後で話すけど、非常事態なんだ。ついては、梧桐がいまどんな感じで動いてるか聞きたい」

『あー……』

　言葉を濁すような間が空いて、

『今のところは大丈夫、ぱっと見て人探しとわかるような動きはしてない。けど、だからといって油断していい状況じゃないよ？』

「わかってる。打てる手は打って行く」

『打てる手っていうか、最善手は移動しないことなんだけどさあ……ああもう』

何かを振り切ったように、孝太郎は勢い込んだ声で、

『せめて、徒歩と電車はやめること。いま車を出すから。詳しい話は道中にでも聞かせてもらうからな』

言って、一方的に通話を切った。

ああそうか、車という手もあったな、と宗史は思った。そんな単純なことにも思い至れないほど、自分はいま焦っている。

「……本当、助かるよ、色々と」

スマートフォンに向けて頭を下げたが、もちろん、プープーという電子音しか返ってこなかった。

◇

門崎《かどさき》外科病院は、駅からだいぶ離れたビジネス街のはずれにある。

設備は揃《そろ》っているし医者の腕が悪いわけでもないが、不便な場所にあるせいか普通の客はあまり寄り付かない——が、普通ではない利用客がそれなりに多い。

ここでは、客がそうと望めば、傷や病の事情を詮索《せんさく》せず、記録にも残さずに治療を施してくれるのだ。もちろん、保険は利かないわ正規流通の薬品は使えないわ口止め料も当然発生するわで、請求額は恐ろしくかさむ。しかし、どうしても普通の医者に診せられない事情を抱えた者にとっては、とにかくありがたい場所なのだ。

俗にいう闇医者だよな、と宗史は軽い気持ちで口にしたことがある。そして、

『失礼なことをお言いでないよ、また同じこと言ったら蹴《け》りだすからね』

お叱りの言葉とともに、不機嫌顔の女医に、思い切り尻《しり》を蹴られたものだった。

「今日はまたなんとも、厄介な患者を連れ込んでくれたもんだね」

その女医は、呆《あき》れるような感心するような、微妙な声色でぼやいた。

こんな話を「厄介」で済ませてくれる。

「ありがとう、助かるよ」

帽子とサングラス——最低限の変装のつもりだ——の下から、礼を言う。

「ふん」

鼻を鳴らすと、老女医は髪をかき上げた。

歳は七十近いはずだ。しかし、ぴんと背筋の伸びた姿勢の良さと、宗史よりも拳ひとつ近く高い長身からは、そんな印象を受けない。その一方で、彫りの深い皺《しわ》だらけの顔と長い白髪は年相応。童話の中の悪い魔女そのままだ——実際、そう言って泣き出す子供の姿を、宗史は何度か見たことがある。

「あんた自身も、相変わらずひどい顔してるね。ちゃんと寝てるのかい？」

少なくとも昨晩は一睡もできていない。が、彼女が言っているのは、そういうレベルの顔色の話でもないのだろうと思う。

「最近少々夢見が悪くてね」

「あんたの夢見が良かったことが一度でもあったのかい。そのうち死んじまうよ」

「僕のことはいいんだよ。それより、あの子のことだ」

「わかってるよ」

老女医が差し出してきた封筒を、受け取る。中を改める。

一枚の、X線写真が入っている。

「これは……」

素人《しろうと》が見ても、はっきりとわかる。その画像は、おかしかった。

白い影だ。

色濃いものではない。そこに異常があるはずだと最初からわかっていなければ見落としてしまう程度のものだ。しかし小さなものではない。左の脇腹を中心に、まるで菌糸のように、深く根を張るように広がっている。

正体不明の異物に、体を大きく、侵食されている。

「X線の吸収率は充実性の臓器に近い。けれど少しだけ違う。だからかろうじてX線写真にも映る。驚きなのは血管や神経だ、ごく一部の毛細血管を除いて、この影の場所を通過しているそれらに何の異常もない。拒絶反応らしき痕跡《こんせき》もなしだ。人工臓器の類型としては、上出来すぎて目を疑うレベルだね」

解説を、半ば聞き流す。そこに新しい情報はない。

「僕が聞きたいのは、摘出できるかだ」

「そりゃ無理だね」

即答された。

「その写真を見りゃわかるだろ。そんだけ広範囲の肉と内臓を抉《えぐ》られて生きていける人間なんていないし、常識的な医学で命を繋《つな》げられるレベルでもない。そもそも、今は安定していても、いつまで続くかはわからない。明日《あした》にも全身が溶けてドロドロのスライムになったっておかしくない」

「そこをなんとか」

「あたしに縋《すが》るよりか、神様でも拝んだほうがなんぼかマシだよ」

軽く手を振る。

「だいたい、肉片に人格が宿ってるって話からして確かじゃないんだ。この白いのをきっかけに新しい人格が生まれただけだったりしたら、摘出したところで新しい人格はそのまま残るだろうよ」

それは……もちろん、そうだろう。

「なあ」

女医は少し声を落として、

「冗談抜きの親切心で言うけどね。ここから先は、後ろ盾なしじゃ危険すぎる」

反論しかけた宗史を手のひらで制し、

「まさか本当に、なんの背景もない一個人のままで、企業の抗争に真正面から茶々を入れる気かい。自分のやってることの危険も理解できない馬鹿は長生きできない。だいたい、あんたのキャラじゃないだろう」

それは、本来確かに、その通りだ。

「研究施設を運営していた勢力に頼るか、襲撃したほうの勢力に引き渡すか。そのどっちも嫌なら、信用できそうな別の組織を見つけて身を寄せるか。少なくとも、あんた個人が匿い続けていたところで状況は進展しないんだよ」

まったくもってその通りなのだが、

「状況が状況だ。沙希未ちゃんの救出を優先してくれそうな組織のアテはないよ」

「だったら、あの子を手放すべきだ」

ああ、まったく。

昨日の孝太郎に引き続き、ほぼ同じような内容の正論だ。

わかってる。誰がどう考えたって、その結論になるのが当たり前なのだ。自分はその当たり前ができていないから、こうして度々指摘されているのだ。


どうして自分は、こんな人生を送っているのだろう。

江間《えま》宗史は、時々そんなことを考える。

答えは、わかりきっている。

最初からこんな人間だったわけではないのだ。六年前の自分は、平凡な大学生だった。困っているひとを助けるのは正しいことだと信じ、そのように行動していた。

だから、すべてを失った。

人生を転がり落ちた先で侵入やら窃盗やらの技術を身に付け、その技術を活かすことを生業《なりわい》とし、太陽に背を向け薄闇を這《は》いずりながら。

いっそ、顔と名前を変えて別の人生を生きるべきかもしれない。そう、何度も考えた。人に勧められもした。しかし、決心ができなかった。とっくに失われたはずの江間宗史の

人生の残滓《ざんし》に、しがみついてしまった。まだ自分には、自分としてできることが何かあるのではないかと。そして、だから、

……どうして自分は、こんな人生を送っているのだろう、と。今日も繰り返す。

「あたしはね、あんたの今の生き方はギリギリ及第点だと思ってる。『自主的に助けを求めてきた相手だけを、対価を受け取りながら助ける』、これは、あんたが生きていくのに大事な線引きだよ。そんくらいは縛らないと、あんたみたいな不器用にこの人生は辛すぎる」

「……そうかもね」

同じような言葉を、繰り返すことしかできない。

「過去の失敗から、何も学ばない。僕は馬鹿だよ……それでもやっぱり、ここで見捨てるっていうのは、無理なんだ」

そんなことを言って、曖昧《あいまい》に笑うことしか。

「完璧《かんぺき》に、僕のエゴだ。いつも付き合わせて、悪いとは思ってるよ」

「…………」

女医は、しばらく無言でじっとこちらの目を見ていたが、

「ま、そうだろーね。ならばこの話はここまでとしてだ」

軽く言い放ち、手を叩《たた》いた。

そんなところまで、孝太郎と同じだ。指摘をする。忠告をする。そのうえで、最終的には、意志を尊重してくれる。

「あれに関してあたしから言えることは、ふたつだけだよ。あの子は肉体的には健康体の人間だ、ほぼ普通の人間相手だと思って食う着る寝るを世話してやんな」

「ほぼ？」

肩を落としたまま、力無く尋ねる。

「まったく同じ代謝というわけではなさそうだからね。自身の本質を留めたまま人間の細胞に擬態している、そこにも多少のエネルギーは使うだろう。だからまぁ、ちょいと多めに食事を欲しがるだろうな」

「はぁ……」

頷《うなず》いてから、いちおう尋ねてみる。

「夜な夜な出歩いて人間を食べるとか、そういう展開？」

「ホラー映画の発想が80年代だね。あんたいくつだい」

今時は昔の映画もネット配信で見られるから、映画の上映年代と観る人の世代とが一致するとは限らないんだ……と脊髄《せきずい》反射で反論しかけたが、飲み込む。古い映画を好んで観た事実は変わらないし、そもそも話が脱線する。

「まぁ、必要栄養素だけの話をするなら、わざわざ人間をどうこうしなきゃならん事情はないはずだ。消化に使うのが人間の胃である以上、効率も悪い。むろん、絶対ありえないとは言わんがね」

それはそうだろう。正体不明のものに関する仮説に、保証などできるはずがない。むしろ、それっぽい仮説を立てられているというだけでも驚くくらいだ。

「……もうひとつは？」

「ん？」

「言えることはふたつだけ、って言ったろ。もうひとつのほうは何さ」

「ああ、そいつはだね」

扉の開く音がした。

顔をあげて、そちらを見た。看護師の制服を着た女性が一人と、手を引かれるようにしておずおずと歩いてくる、ワンピース姿の女性がもう一人――

（――え）

「真っ裸にジャージなんつう変質者スタイルで、年頃の女を連れまわすなって話だよ。職務質問くらったらどうするつもりだい」

「私の私服、サイズぴったりでした」

看護師服のほうの女性が、どこか誇らしげに胸を張りつつ言う。

「着替えも見つくろって、あとで届けます。ええと、代金は請求していいんだよねおばあちゃん？」

「ああ、そこの色男が全部持ってくれる」

「はーい。じゃあ張り切って揃えます」

むん、と気合いのポーズを決める……が、その姿は宗史の目に入っていない。

宗史はもう一人のほうの女性を、ぼんやりと見ている。


一言でいえば、それは可愛らしい装いだった。

涼し気な薄いブルーのワンピース。上にライムグリーンのカーディガンを羽織っている。軽やかな色の組み合わせが、どこか透き通ったその娘の雰囲気をそのまま包み込んでいる。

飾り立てられた豪奢《ごうしゃ》な美しさ、のようなものはない。全体的に、素朴なものだ。しかし、先ほどまでのジャージ姿はもちろん飾り気とは無縁だったし、昨日再会した時の服装もラフなものだった。そのどちらよりも、どことなく幼げなセンスでまとめられた今のこの姿のほうが、彼女には似合っている。

目立たない子という装いをはぎ取られたいまの容姿は、普通に可愛らしい。

そう。似合って――いる、のは間違いない、のだけれど。

「ん、なんだい。見惚《みと》れてんのかい」

「いや、そういうのじゃなくて」

宗史は、わずかに引きつった顔を女医に向けて、

「なんていうか、これは、完全に女の子みたいじゃないか」

「実際に女の子だろう」

「それは、確かに、そうなんだけど」

戸惑いが、ある。

この娘の体は沙希未のもので、その容姿は実際に、人間の娘そのものなのだ。

血に汚れていた時はもちろん、ジャージ姿の時も、非常事態の装いだという認識があったから意識せずに済んでいた。だから、ちょっとそれらしく着替えただけで、こうして違和感を抱かされるはめになる。

中身は得体の知れない化け物なのだという意識が、薄れそうになる。

「気分がすっきりしないってのはわかるけどね。あれが人間じゃないってことには、あんまりこだわんないほうがいい」

口を寄せ、密やかな小声で、見透かしたようなことを言われた。

「自我が薄いぶん、素直な子なんだ。キプロス島の王様の話じゃないけどね、身近にいるあんたが化け物を求め続けていれば、いずれ本物の化け物になりかねない。他ならない、

あんたの望みに応えようとしてね」

　ギリシャ神話にいわく、キプロス島の王ピュグマリオンは、自ら彫刻した女性像に恋をし、人として接した。その真摯《しんし》な姿を見た女神が、像を本物の人間に変えたという。

　もちろん、伝説それ自体は伝説にすぎない、が、ひとがひとに望む姿が対象者のパフォーマンスを変えるという現象は実際にあり、教育心理学用語として彼《か》の王の名で呼ばれている。

「……わかったよ」

　惑いを溜息《ためいき》として吐き出す。

「着替え、ありがとう。沙希未ちゃんにはよく似合ってる」

「ん、まあ、ギリギリ及第点かね」

　言って、女医は肩をすくめる。

（3）

　病院を出た瞬間に、熱気に全身を包まれた。

「あじぃ……」

　思わず、口をついて出る。

振り返る。すぐ後ろを、娘がついてきている。表情は変わらずぼんやりしたままで、気温の変化に何を感じているのかも——そもそも気づいているかすら、わからない。

人間らしさの欠けたその姿に、苛立《いらだ》ちを感じる。

「こっちだ」

促しつつ、宗史は歩き出す。

静かに、気配が後ろをついてくる。

蟬の声がやかましい。夏はそういうものだとわかっていても、苛立ちが膨らむ。

少し歩いた場所に、孝太郎の車が停めてある。そして孝太郎本人は、すぐ傍の喫煙所で煙草をふかしていた。近づくとすぐにこちらに気づいてスマートフォンから顔を上げ、そして「わお」と小さく口を動かす。

「こりゃ驚いた、美人さんだ」

「言ってないで、早く出してくれ。立ち話してられる余裕はない」

「そりゃそうだ」

ぱちんと額を叩き、煙草を携帯灰皿に突っ込む。

孝太郎の所有する車はどれも、窓に濃いめのスモークが入っている。乗り込んでしまえば、周りの人間に見咎《みとが》められる危険は、それなりに減らせる。

「相変わらず、すげぇ婆さんだなぁ。不思議生物案件を持ち込まれて、ふつーに診察するとかさぁ」

というのが、院内でのやりとりについて聞いた孝太郎の感想だった。

「それこそさ、『科学で説明できないものなどこの世に存在しないィィ』とか叫んでマシンガン連射とかさ、そっちのリアクションを期待してたんだけど」

「期待するなよ、それだと僕らがハチの巣だろ」

「そこはほら、愛の力とかで雑に生き残ってもらえば」

「雑とか言うな。あと愛とか言うな、その手のやつはない」

「えー。こんだけ美女に化けてもらって、まだ芽生えてないわけ、愛」

「美人なのは沙希未ちゃんだろ、こいつじゃない」

「若く健康な男性の下半身は、理性とは別の理屈で動くもんだろ」

「そ――」

その瞬間、頭に血が上りそうになった。

息も詰まった。

喉奥《のどおく》で絡まった呼気と吸気をほぐすように、深めの呼吸をひとつ。

「――それは、ないよ」

それだけは無理なんだよ、と、言外に訴える。

「悪かった」

失言に気づいてくれたのだろう、孝太郎は一度、表情を曇らせる。

一瞬だけだ。すぐにいつものあの、朗らかでうさんくさい笑顔になる。

「まあ、それでもだよ。これでもオレ、けっこう心配してたんだぜ？」

「何を」

「江間サン、これまでクズ男ばっかのために体張ってきたからさぁ」

にやにやと、あまり品のよくない笑みを浮かべながら言う。

「並の男なら、命張る相手って下心で選ぶもんじゃん。美女美少女オンリーが大前提で、たまになら友情とか漢気《おとこぎ》とかも悪くないかな、てなものじゃん」

「……いきなり大した極論を出してきたな」

「いーや一般論だねこれは。男がヒーローになるのはヒロインのため。これが自然」

力強く言い切る。

「だから、これまでの江間サンが絶対におかしい。世間ナメたクソガキとか、人の言葉の通じないデブオヤジとか、偉そうなだけのガリメガネとかさ、そんなのばっか助けてきたじゃん。いらない苦労背負って、死にそうな思いまでしてさ」

ハンドルを握ったまま、肩をすくめる。

「まさか江間サン、その手の男しかヒロインとして見られない性癖なんじゃって。オレとしてはさ、ほんのちょおーっとだけ疑ってたわけよ」

「誤解が解けたなら何よりだ」

うめくように答える。

「ったく、どいつもこいつも似たようなこと気にしやがって」

孝太郎はわははと楽しそうに笑いながら、ハンドルを回す。

景色が後ろへと流れていく。


この芳賀峰市には、あまり嬉《うれ》しくない歴史がある。かつてバブル期に大規模な観光地化計画が持ち上がり、古い木造建築を薙《な》ぎ倒《たお》してピカピカの建物が乱立したのだ。

海の見える八階建てのホテル、お洒落《しゃれ》な土産屋をぎっしり詰め込んだ海沿いのストリート、水族館に併設した郷土資料館、南の国を思わせるヤシノキ系の街路樹、有名どころのレストランがいくつも入るはずだったフードコート。

そんなわけだから、街並みの見た目だけは良いのだ。

大手の観光地に負けないようにと整えられた外観は、何十年という時が流れてだいぶ古ぼけてしまった今となっても、それなりに見られる。

ちなみにその観光業がんばるぞ計画は、もちろんバブルの崩壊とともに霧散している。

千人で賑《にぎ》わうことを想定されていた街並みに、百にもまるで満たない数の人しか歩いていないというのが現実だ。

おそらくそのせいだろう、なんていうことのないありふれた街の風景を、時折どことなく空疎にも感じてしまう。

「そういやさ。婆さん、オレのこと、なんか言ってた？」

問いながら、孝太郎はカーオーディオを操作する。少し古い、夏の定番曲がスピーカーから滑り出してくる。

「いや、別に何も。なに、君まだあのお婆さん苦手なわけ？」

「苦手つうか、その逆？　向こうがオレをGを見る目で見てくんだよ。なんなら扱いまでまんまGだし。丸めた新聞紙で殴られるとか、スプレー浴びせられるとか」

そこまで言ってから軽く笑い、

「まあ、全部自業自得だし、仕方ないんだけどさ」

「ご愁傷様」

「いやー、優しいねー江間サンは。江間サンにそう言ってもらえりゃ、オレはもう誰に認めてもらえなくても充分よ」

ああそうかいそうかい。

ぺらっぺらの軽口を話半分に聞き流しながら、宗史は窓の外を見ている。澄んだ青のグラデーション。スモーク窓越しに見上げた空は、昨日の大雨は何だったんだと言いたくなるほどに晴れ渡っている。

ふと、妙に静かだなと思い、後部座席を見る。

若い娘の姿をしたそれは、ぼんやりとした顔のまま、それでも明確に興味を露わにしながら、窓の外の景色を見ている。コンビニエンスストア、建売住宅、雑居ビル、定食屋、バス停、別のコンビニ、郵便ポスト、元気よく散歩中の犬とその飼い主……目に映るもののひとつひとつを追いかけて、瞳《ひとみ》が目まぐるしく動く。

相変わらず感情は読めないが、外の風景に興味を持っているのだろうということだけは、さすがに察せる。

沙希未の記憶を読めるなどと言ったところで、こいつの自我が経験をまったく積んできていない、赤ん坊のそれだということに変わりはない。世界にあるあらゆるものが、初めて目にするものであり、初めて触れるものなのだろうから。

「そういやさ。結局、その子の名前どうなったの」

「何の話だ」

「真倉さんちの沙希未ちゃん、ってのは体の名前で、この子は別にカウントするって話なんでしょ。だからさ、ここにいるこの子を呼ぶ時用の、名前」

自分の話をされていると気づいたのか、そいつもまた外の景色から視線を切って、こちらに顔を向けてきた。

「……ないよ、そんなもんは」

「江間サンさぁ」

「いらないだろ。別に困るもんじゃなし」

「いやいや普通に困るでしょ。このままずっと、『おい』とか『お前』とかで全部押し通す気なわけ？　昭和の熟年夫婦にしか許されない境地でしょそれ？」

「………」

それは嫌だな、と思う。

少し考えて、

「例の研究資料によればだ。こいつと同じ肉片を植えられてた実験用ラットは、アルジャーノンと名付けられてたらしい」

それは、二十世紀中期の小説に出てくる、世界一有名な実験用ラットの名前だ。その作中で、脳手術によって高い知能を——一時的であれ——得ていた。同じように外科的な理由（と並べていいものかはともかく）で知能テストの成績を上げたラットにつける名としては、妥当なところだろう。安直さは否めないが。

宗史は思った。同じ物語に、同じように手術を受けた青年が登場する。知能が上がり、知らなかったことを知り、理解できていなかったことを理解し、知らなかった感情を覚え、知っていた感情を忘れ、まるで別人になったかのような時を過ごした。

この青年の名を借りるのはどうだろうかと思った、のだ、が。

「お、それでいいじゃん」

提案するよりも早く、孝太郎がそんなことを言い出した。

「アルジャーノン、略してアルちゃん？　ノンちゃん？　アンちゃん？　なんか外国人っぽいし、字数が多いのも中二病っぽくていいよな」

「いや、あのな、」

外国人っぽいもなにも事実アメリカの作家の作品からとられた名だし、字数が多いのは音素を共有しない言語間で言葉を変換した際のあるあるでしかないし、そもそも、

「白ネズミの名前だぞ、それ」

「いいじゃん、ネズミの名前。そりゃ、黒かったり青かったり黄色かったりしてたらまずいのかもしんないけどさ、白ならオーケー。なあ、君もそう思うだろ？」

軽い口調で、後部座席に問いかける。

「…………」

ぼんやりとした顔で、後部座席のそいつは振り返り、

「アル……ジャーノン……」

その言葉を舌先で転がしてから、

「私は、アルジャーノン、なのか？」

宗史に向かって尋ねてくる。

答えに迷う。

アルジャーノンは本来男性名だし、語源は確か「ヒゲおやじ」あたりだったはずだ。もうこの時点で、十九歳女性の姿をしている今のこいつには致命的に噛《か》み合っていない。

が、だからこそ良いという考え方もできる。

こいつと真倉沙希未は別の存在なのだから、それを忘れないためにも、名と体が噛み合っていないくらいがちょうどいいのかもしれない。

「いいんじゃないか」

重い溜息《ためいき》のついでに、そう答えた。

「……アルジャーノン」

そいつは、頷《うなず》いた。

「私は、アルジャーノン」

何度も、同じ言葉を繰り返している。

相変わらず表情らしい表情は見えないが、どことなく嬉しそうにも見えた。

カーオーディオから流れ出す曲が切れ目を迎える。

締め切っている窓の外から、蝉の声が勢いを増して飛び込んでくる。

低い声の男性パーソナリティが、くるくると舌を回し出す。さあお次はこれからの熱い季節にふさわしい、燃え上がる想いを歌い上げたヒットナンバー。灰になるまでハイになってお聞きください、『ホワイト・シープ・キュー』の『マグネシウム』、どうぞ。

弾むようなイントロが流れ、女性シンガーグループがやかましく歌い出す。声量は蝉の声とほぼ互角。どちらが勝つということもないが、もちろん打ち消し合ってくれることもない。つまり両方うるさい。

何が楽しいというのか、運転席の孝太郎は笑っている。

後部座席のアルジャーノンは、ぶつぶつと自分の名前を繰り返し呟《つぶや》いている。

（…………）

どういう表情を浮かべるべきなのかを決めかね、迷った末に、宗史は顔をしかめる。

夏の街の中を、三者三様の一行を乗せた車が走る。

（4）

他人のセーフハウスは、感覚としては、旅先のホテルのようなものだ。

戻ってきたところで、帰ってこられたという実感はない。

だからか、「ただいま」という言葉は出てこなかった。無言で戸をくぐる。

部屋に戻ってから最初にやるべきことは、決まっている。異常がないかのチェック――の前に、手洗い等を済ませて、買ってきた食材を冷蔵庫に詰める。

本来なら先にやるべきことではあるが、もちろんチェックも行う。扉。窓。各種計器およびその周辺。コンセント周り。結論、現時点においては侵入者などの痕跡《こんせき》はなし。

「ふぅ」

ようやく気を抜いて、ソファに背を投げ出した。

玄関先に待たせていたアルジャーノンに顔を向けて、

「……入っていい。靴は脱げよ」

呼びかける。

ゆっくりと、娘はローファーを脱ぐ。

そして、玄関マットの上に立ち、何をするでもなく、そのまま再び立ち尽くす。

自発的な行動をとれずにいる、と感じた。急ごしらえの自我しか持ち合わせておらず、しかもその扱いにも慣れていないせいで、自分の意志で何かを決めるというだけのことをうまくできずにいる。

そのまま放っておくわけにもいかないだろう。

「ああもう」

宗史は強く自分の頭を掻《か》く、

「こっちに来て手を洗ってうがいをしてタオルで手を拭《ふ》いてこい」

「……………」

果たしてアルジャーノンは宗史の言葉を理解したのか。ぼんやりとしたままのその顔からは、何も読みとれない。

言われた通りに歩いてくると、指示通りに洗面所に向かう。水音を聞く。

「終わったら、こっちに来て椅子に座れ」

声をかける。

アルジャーノンはその言葉にも素直に従う。部屋に入ってきて、宗史の示すテーブルチェアに腰を下ろす。

顔をこちらに向けて、これでいいのか、とばかりに小首をかしげる。

「手の洗い方も、うがいの仕方も、タオルの使い方もわかったのか」

「はい」

抑揚のない返事とともに、首がわずかに揺れる。

アルジャーノンは、宿主である沙希未の知識を読める。言い換えれば、記憶を読むという手間をかけなければ何も知らないままだ。

あれをやれこれをしろと指示を受ければ、その方法を読んで動ける。しかし指示をもらえなければ、自分はなにをするべきなのかの段階から、進むことができない。

「……今後、言われなくても、その体の生存というか、体調維持に必要な行動は一通りとれ。というか、日常に含まれる活動は一通りやれ」

「日常」

沙希未の唇が、ぽつりと呟いた。

その視線が、自然に、窓の外に向く。

そういえば真倉沙希未は（おそらく真面目な）大学生なのだと思い出した。彼女の記憶をもとに日常を辿《たど》ろうとするならば、もちろん、講義に出るなどのアクションも含まれるだろう。

「あー……ただし外出は厳禁、だ。特別な指示がない限り、この建物の外には出るな。日常はその範囲内で送れ」

「………………」

わずかに首が動いた。

頷いた、のだろう、たぶん。

「本当にわかってるんだろうな、ったく」

宗史はあまりペットを飼った経験がない。だから想像になるが、新しく犬や猫を迎えるというのは、こんなものなのだろうかと思う。人間の道理をまったく知らないそれに、ゼ口から躾《しつけ》をする。なんともくたびれる話だ。

そんなことを考えていたら、ふと、気になることができた。

「トイレの使い方はわかるか」

アルジャーノンは例によって、少し考えるような間をとってから、

「はい」

頷いた。

（……いまのは、どっちだ）

問われるまでもなく、最初から理解していたのか。それとも、知らない単語について聞かれたから、いま沙希未の記憶を読んだのか。その二つを、当人ならぬ宗史には見分けることができない。

ゆらり、アルジャーノンが立ち上がり、静かな足取りでトイレへと向かう。

「さっそくかよ」

その背を見送って、宗史は小さく重い息を吐いた。

ああ、まったく。これでは本当に、犬猫の躾のようだ。

◇

太陽が沈もうとしている。

宗史は、ノートPCのモニタを睨《にら》んでいる。

研究棟から持ち出してきた、不可思議肉片の研究データだ。何かの手がかりがあるのではないかと思い解読を再開してみたが、専門的な知識もなく挑むのはどうにも効率が悪い。それなりに長い時間をモニタ前で費やしたが、成果はほとんどなかった。朝に読み取った以上の有益な情報は得られなかった。

難解な暗号が仕掛けられている、などのパターンであればよかった。それならば、余程のものでなければ、時間と手間をかければ突破できる。しかし、内容そのものが難解であるというのはどうしようもない。

(……ここまでかな……)

静かだなと思い、視線を横に動かす。

アルジャーノンが、ソファの上に転がり、軽く膝《ひざ》を抱くような姿勢で眠っている。

その姿を見ていると、眠気が思い出された。小さくあくびが漏れる。

――遠く、笛と太鼓の音が聞こえてきた。

祭囃《まつりばや》し。

そうか、もうそんな時期だったか、と思う。

芳賀峰市の夏祭りは、それなりに規模が大きい。なにせ、まがりなりにも観光地である。

ここ数年ほどは流行病《はやりやまい》対策で神輿《みこし》こそ上がっていないが、メインストリートには屋台が並ぶし、小規模ながら花火も上がる。

立ち上がり、ベランダに繋《つな》がる掃き出し窓を、少し開ける。

むっとした夏の外気とともに、祭りの音が部屋に飛び込んでくる。

思い出す。

安っぽいやきそばの味、当たらない射的、乱立するタピオカの屋台、主張の強いケバブの匂い。

少年のころは、あの喧騒《けんそう》の内側にいた。

今はこうして、手が届かないくらいの遠くにいる。けれど同時に、確かに聞こえる距離にある。

他人事《ひとごと》の喧騒。それを聞いていると、心がわずかに落ち着いた。江間宗史は独りだと、しかしそれでも人間《ヒト》の近くにいるのだと、確認ができたから。

「ん……」

かすかな声とともに、身じろぎの気配を背後に感じる。

自分はいま独りきりではないのだと思い出した。アルジャーノンを起こしてしまうのも面倒かと思い、窓を閉める。熱気が締め出される。音が消える。

インターフォンが鳴って、来客を告げた。

（5）

客人は、朝に門崎外科で見た、あの看護師だった。名前は知らないが、あの老女医の孫娘であるらしいということと、あの病院の患者たちの中にファンも多いらしいということは聞いたことがある。

見た目の印象で言えば二十代の半ば、宗史自身と同世代だろうか。目を惹《ひ》く美人というわけではないが、穏やかで優し気な雰囲気を漂わせている。そこにいるだけで、どこかほっとさせてくれるタイプだ。

「お待たせしました、着替えなどのお届けです」

玄関先、その女性は、紙袋を軽く持ち上げて言う。

そういえば、先ほど病院で、そんなことを言っていた。

「助かります。……着替えなど、ですか？」

「などです。色々入り用なはずですから。下着、お肌のお手入れ用品、あと女の子に必要なあれこれとか」

「ああ……すみません、デリカシーなかった」

言われてみれば、当たり前の話だ。そこまで考えてくれていたことに感謝するとともに、発想できていなかった自分を恥じるしかない。

「お気になさらず。それと、追加でこちらもお届けで」

ひょい、と突き出されたのは、上部を結わえたビニール製の袋。

中には澄んだ水が入っていて、その水の中を、なにやら赤いものが泳いでいる。

それはどう見ても、

「……………これは？」

「金魚です」

そう、金魚だった。体長せいぜい三、四センチほどの、小さな和金が二匹。

「なぜ」

「さきほど、クラスメイトに押し付けられたんですよ。孝太郎くんに相談したら、おみやげに持ってくといいって。いいアクアセラピーになるとかなんとか」

「ん？　んん？　…………んん？」

待った。ちょっと待った。そう奇妙な情報を次々と並べられても、頭が消化しきれない。

どこから指摘を入れたものか迷い、

「待った、ええと、その孝太郎は、あの孝太郎？」

「もちろん『おしゃべり屋』の孝太郎くんです。親友なんですよね？」

そんな関係になった覚えはないが、どうやら同名の別人の話ではないと確認できたから聞き流そう。

「……クラスメイトに押し付けられた、というのは？」

「金魚すくいでもらったけど、持ち帰っても飼えないからって。うちも事情は変わらないんですけどね？」

少し考える。

まばたきをしてから再確認。目の前の女性は、自分と同世代に見える。

「どなたのクラスのメイトです？」

「私です。渡ヶ瀬《わたがせ》付属中三年Ｃ組門崎伊桜《いお》」

少し悩む。

「付属中、」

「はい」

首を傾げる。

「おいくつで？」

「十四です。秋には十五」

じゅう、よん。

軽い眩暈《めまい》を覚えて、頭を振る。

「…………なぜ、看護師を？」

「あ、よく勘違いされるんですけど、違うんですよ。私はただ、おばあちゃんの手伝いの簡単なバイトをしてるだけで、免許みたいなものも全然持ってませんし」

それは、まあ、そうだろうとは思う。十四歳で国家試験受験資格はちょっと無理だ。

「老けて見えるとは、よく言われます」

それも、まあ、そうなんだろうなあとは思う。中学生目線で言えば、二十代女性に見られているというのは、そういうことだ。

なるほど経緯は理解した。「そこに若い娘がいるだけで患者のウケがいい」とかなんとか言いながら、大人びて見える孫娘に制服を着せて、看板娘に仕立て上げたと。あの老女医の考えそうなことであり、やりそうなことである。

それはそれでなにかの刑法に引っかかるんじゃないかという気もしたが、順法精神に関しては他人に何かを言える立場にない身だ、深くは追及しないでおこう。

「それで、彼女はどちらに？」

「ああ……」

首を巡らせ、ソファのほうを視線で示す。

「アルジャーノンなら、そこだ」

相変わらずというか、膝を抱いて丸まるような姿勢で、よく寝ている。

「あらら」

覗《のぞ》き込んで、目をぱちくりさせる。

「アルジャーノン、というのは彼女のことですよね。名前つけたんですか？」

「ないと不便だったもので」

「ああー、わかります。友達に、拾ってきた子猫になかなか名前つけなかった子がいて。おかげで話を聞くのが大変で大変で。ふふ」

口元に指をあてて、妙に上品に笑う。

「名前呼んじゃうと、本当に家族になったって認めちゃうような気がするーって言うんですよ。本人は。そんなの、拾っちゃった時点で手遅れじゃないですか、ねえ？」

それは――同意を求められても、反応に困る。

「伊桜《いお》さんは、こいつの事情を聞いている？」

「おばあちゃんから一通り。大ケガしてた体に、未発見の生き物が入って動かしてるんですよね？　大丈夫ですわかってます、そういうアニメ、先月観たばかりなんで」

「そ、そうなんだ……？」

アニメを観たの一言で受け入れていいような事態なのだろうか、それは。それとも彼女の世代ではそういう考え方が当たり前なのだろうか。若者怖い。

「そりゃちょっとは怖いですけど、言うことを素直によく聞く、いい子ですし」

「そうなんだ……？」

それも、宗史の視点からでは、自我が薄いだけだとしか見えないわけだが。

「ノンちゃん。うん、かわいい名前ですよね、ぬいぐるみっぽくて」

そんなことを言いつつスリッパをぱたぱたさせて、少女、——伊桜《いお》と名乗ったか——はソファに近寄ると、

「アルジャーノンちゃーん、ちょっと起きてもらってもいいー？」

年上の娘の体を、ゆすり始めた。

「お、おい？」

無防備に触れるのは危険ではないのかと思った。止めるべきかという思考が一瞬よぎった。しかし実行には間に合わず、アルジャーノンはうっすらと目を開く。

「ごめんね、気持ちよく寝てるとこ、起こしちゃって」

例によってぼんやりとした目が、伊桜を見つめる。

「アルジャーノン、を、呼んだ？」

ぽつぽつと、つぶやくように。

「うん、呼んだよ」

「アルジャーノンは、私」

「そうだよ」

「私が、呼ばれている？」

「うん」

のそり、アルジャーノンが身を起こす。

「恐いことをするんだな」

うめくように、宗史は言う。伊桜はあごを上げるようにして振り返り、

「そーですか?」

「そうだよ。相手はわけのわからない未確認生物で、何をしてきてもおかしくないってのに、よくもまあ躊躇《ちゅうちょ》なく触りにいける」

「なにをしてくるのかわからないのは、人間相手でも同じですよぅ」

それは、確かにそうかもしれないが。

「佐崎さんちのおじいちゃんとか特にです、ひとを驚かすのが大好きなひとだから」

そうか、知らない人だが強く生きろよ佐崎さんちのおじいちゃん。

「で、ノンちゃん、眠いとこごめんね。持ってきた服のね、着替え方とか、いろいろ覚えてほしいことがあるんだよね」

「そうか」

ぼんやりと頷《うなず》く。

「それじゃ、隣の部屋お借りしますね。覗いちゃだめですよ」

「好きに使ってくれ。あといちおう、何かあったらすぐに呼んで」

「はい、頼りにしています」

ウィンクひとつ、少女はアルジャーノンの手を引いて寝室へと去ってゆく。

その背を見送ってから、視線を切る。

ずいぶんと押しが強いというか、人を巻き込むのが巧い子だ。十四歳。あのころの沙希未と歳が近い。そういえば彼女にも多分にそういうところがあった。あの年頃の女の子はみんなそうなのか、それとも偶然なのか。

「そのへん、どう思う？」

と尋ねてみても、もちろん、ビニール袋の中の金魚は答えてくれない。

そういえば、こいつの居城もどうにかしてやらないといけない。


部屋を探してみると、丸形の金魚鉢が見つかった。

なぜか投げ込み式のフィルターもついていた。

この部屋は緊急時用のセーフハウスであり、逃走者が身を潜めるための場所である。なぜそんな場所にこんなものが装備されているのかは、ちょっとした謎だ。その答えは後で孝太郎に確かめておくとして。

宗史は、ペットというか、生き物全般の扱いが苦手だ。そして夏祭りで掬《すく》われるような金魚は、もともとそれほど丈夫ではないと聞く。家庭で水槽に放したとたんに動かなくなった、などというエピソードも耳にしたことがある。

まずは水を用意する。中和剤でカルキを抜いてから、微量の塩を加え、水温を整えて。スマートフォンを片手に手順を何度も確認し、本当にこれで合っているのだろうか大丈夫なのだろうかと頭を抱えて。

袋の金魚を鉢に放す。

二匹ともが、一瞬、全身を震わせた。

どこかの手順を間違えたか、死なせてしまったか、と怯《おび》える。が、すぐに元気よく泳ぎ出した二匹の姿を見て、胸を撫《な》でおろす。

（……ふぅ）

額に薄く滲《にじ》み出《で》ていた汗を、手の甲で拭《ぬぐ》う。

やはり、生き物は苦手だ。そう、再確認する。

◇

「このあと、友達と花火見に行くんです」

そんなことを言って、女性改め少女は帰っていった。

いろいろと叩《たた》き込《こ》まれたのだろう、アルジャーノンは表情こそ変わっていないものの、どことなく、くたびれているように見えた。

「ほれ」

水出し麦茶のグラスを差し出す。

受け取って、しかし、それが何なのかわからないという顔で動かない。

宗史が自分の分を飲み始めるのを見て、ようやくそれが飲料であると思い至ったらしい。真似るようにして中身を喉《のど》に流し込み始めた。

「おかわりはそこだ、欲しければ自分で注《つ》ぎな」

言って、テーブルの上のピッチャーを示す。アルジャーノンは空になったグラスを手に少しだけ考え込むような時間をとり、それから手を伸ばす。どこかぎこちない動きで、それでも麦茶をグラスに注いでみせる。

（……順調に、人間らしい仕草が、できるようになってきている）

沙希未の記憶がある。

アルジャーノンはそれを読める。

読み進めれば読み進めるほど、沙希未という人間ができていたことを、アルジャーノンもまたこなせるようになる。

そうして、人の模倣が、完成度を上げていく。

それが良いことなのかは、わからない。とんでもない破滅の引鉄《ひきがね》になるかもしれないし、逆に状況を打開する銀の弾丸になるかもしれない。考えても結論が出ないことなら、もう、それを基準に是非を問う意味がない。

（こういう時には、最悪のケースを想定して動くべきってのが、セオリーだけど）

なにせ相手は未知の生命体、どんな荒唐無稽《こうとうむけい》な妄想も完全には否定できないから、最悪のケースを想定すること自体が難しい。

ならば、当面の生活が少しでも円滑になるほうを選ぼうと思う。朝の女医はキプロス島の王様の話を持ち出したが、それならば自分は、正しく人形《ガラテア》の受肉を願おう。なぜなら、トイレくらいは言われずとも自分の判断で行ってほしいから。

そんなことを考えている間に、アルジャーノンは二杯目を飲み干して、その目を別のところに向けていた。

視線を追えば、背の低い棚の上に、さきほど住民を迎えたばかりの金魚鉢。

「あれは、何」

自主的に尋ねてくる。珍しいな、と思う。

「見ての通り、金魚だ。食うなよ？」

「金魚……」

例によってアルジャーノンは、数秒をかけて沙希未の記憶を探る。

「小さい」

「金魚だからな」

「ガラス鉢の中を、泳いでいる」

「金魚だからな」

じっと、視線は動かない。

「いや、本当に食うなよ？」

「食べない」

答えてから、視線を一度こちらに向けて、

「私は、猫では、ないから」

そんな言葉も添えてきた。

こいつなりにウィットを利かせた返し、なのだろうか。いや、引っ張り出された記憶が金魚を食べるモノ＝猫という少々偏ったものだったというだけなのかもしれない。

よくわからない。

コミュニケーションがとれている実感が乏しい。

「あんまり構いすぎるなよ、ストレスになるらしいから」

「はい」

そう答えながら、アルジャーノンの目は金魚鉢へと注がれ続けている。

（6）

夜。

このセーフハウスには、ベッドは寝室の一つしかない。アルジャーノンを気遣うつもりはないが、沙希未の体を粗末に扱うわけにもいかない。そんなわけだから、昨日同様、アルジャーノンに寝室を使わせることになる。

それから宗史は、ソファに身を横たえ、目を閉じた。

（…………）

眠れない。

体は間違いなく疲れ果てている。昨日のあの騒動から、一睡もせずに動き回っていたのだから。だというのに意識が消えてくれない。

溜息《ためいき》とともに、身を起こす。

備蓄の中にあったワインのことを思い出すが、すぐに頭から振り払う。もともと寝酒の習慣はないし、こういう時のアルコールは逆効果だとも聞いたことがある。

手近なところに置いてあったリモコンを手にとる。

スマートテレビの電源を入れる。

動画配信サービスを呼び出し、自分のアカウントでログイン。おすすめタイトルの山をかき分け、目的の海外ドラマを呼び出す。現在シーズン6まで展開している人気シリーズ。少しずつ視聴しているので、まだシーズン3の途中までしか消化できていない。

部屋の照明はつけない。

隣の部屋に聞こえないように、音量は抑えめに。

そして、ぼんやりと画面を眺める。

『冗談じゃない、これ以上こんな茶番に付き合えるか！』

『おおトニー、待ってちょうだい、それは誤解なの』

何やら修羅場の最中であったらしい。画面の中で若い男が部屋を飛び出し、中年女がその背に追いすがる。これまでの展開が思い出せず、状況が把握できない。けれど、劇中の二人の感情と、どうやら彼らは彼らの人生を精一杯に生きているんだなということだけは理解できた。そして、ストーリーの細かいところは追えずとも、宗史にとってはそれで充分だった。

――作りものの物語が、わりと好きだ。

宗史の自前の人生は、もうとっくに壊れている。江間宗史自身《じぶん》を生きているという実感が薄れてしまって久しい。

だから、だろうか。

こんなふうに、他人の人生をただ遠くから眺めている時間を、心地好いと思える。

『まさか、ジョーンズ、あの野郎！』

『おおトニー、待ってちょうだい、それも誤解なの』

画面の中で若い男が窓から飛び出そうとし、中年女がその背に追いすがる。

ぼんやりと、その画面を眺めている。なぜそんな状況になっているかは相変わらずよくわからなかったが。


――背後。扉の開く音。


滑りこむような、かすかな気配。

それは音もなく近づいてきて、宗史のすぐそば、二人掛けのソファの隣に座る。

ちらりと横目で確認すると、もちろん、表情を持たないぼんやりとした横顔が、画面の中のドラマを眺めていた。

「寝ろと言ったろ」

ぽつり、独り言のようにつぶやいた。

「はい」

ぽつり、独り言のように返ってきた。

「でも、気になった」

「なにがだ」

「あなたが、なにをしているか」

なんだそりゃ、と――

それ以上問いを重ねる気が起きなかったので、宗史はそれ以上何も言わなかった。隣のそいつも口を閉ざした。言葉のキャッチボールが止まった。

『や、やめろ、やめてくれ……』

『ああトニー、やっとわかってくれたのね、嬉《うれ》しいわ』

画面の中で中年女が斧《おの》を振り回し、怯えた若い男が部屋の隅で震えていた。

宗史はぼんやりと、それを見ている。

人形のような動きのない横顔も、じっとそれを見つめている。

(……こいつの、この目)

気づいた。

液晶の中のドラマを見るアルジャーノンの目は、つい先ほど、ガラス鉢越しに金魚を見ていた目と、よく似ている。

確かにそこに、共通点はあるのだろう。どちらもアルジャーノンにしてみれば、透明な壁に遮られた、別の世界の生物だ。手を伸ばしても届かない、ただその指先を、冷たいガラスの感触が遮るだけ。

だからといって、アルジャーノンがそこにどういう感情を向けているかは――そもそも感情と呼べるような心の働きをそれが持ち合わせているのかまで含めて――わからないわけだが。

『おお、神よ――ようやく、あなたの意志を理解できました――』

『おおトニー、待ってちょうだい、それは誤解なの』

深夜、ひとつのソファに二人で座って、作り物の他人の人生を眺めている。

そうしているうちに、ゆっくりと。

宗史のまぶたに、眠気が下りてきた。

三日目：

day：3

夢を見るなら目を閉じて、現実を見ないようにしなければならない。
現実を見るなら目を開いて、夢を胸の奥に抱え込まなければならない。
だから。
夢を掴《つか》むなら目を開き、
追うべき夢に少しでもカタチの似た現実に向かって、
懸命に手を伸ばさなければならない。

――ロア・マルソー『皓月《こうげつ》の幻』より

透明な壁を隔てた世界

（1）

子供のころは、スーパーヒーローになりたいと思っていた。

宇宙人やら地底怪獣やら、ふつうの手段では戦えないような脅威に立ち向かう、無私の英雄に憧《あこが》れていた。

この世の中、似たような夢を多くの者が抱き、そして成長の中で諦《あきら》めていた。その中にあって、宗史《そうじ》は比較的諦めが悪いほうだった。近所の小学校中学校を卒業し、高校は背伸びをしてそれなりの進学校を選び、兄と同じ私立大学へ通った。

もちろんそこまで育てば、ものの道理はわかるようになっていた。ひとは空を飛べないし、素手でコンクリートを破れないし、念じて火を生むこともできないし、気合いを手のひらから放出することもできない。そもそも宇宙人や地底怪獣が襲ってこないのだから、戦う相手がいない。

そういったことをすべて理解したうえで、しかし、幼き日の願いは、少年だった男の胸の中に小さく燻《くすぶ》っていた。

誰かを助け、理不尽を挫《くじ》く。そんな綺麗《きれい》ごとを、完全には諦めきれなかった。

——いつまでもガキだよなぁお前は。

兄はそう言って、呆《あき》れていた。
その言葉に対して自分がどう返していたのか、思い出せない。
――悪人の道には走らなそうで、何よりじゃないか。
父はそう言って、笑っていた。
その言葉に対して自分がどう返していたのか、思い出せない。
――喧嘩《けんか》だけはやめときなさい。うちの家系、そういうの致命的にダメなんだから。
母はそう言って、心配していた。
その言葉に対して自分がどう返していたのか、思い出せない。
――先輩のそういうところ好きだけど、応援する気にはなれないかなぁ。
恋人はそう言って、複雑そうな顔をしていた。
その言葉に対して自分がどう返していたのか、思い出せない。
――そういうやつってさ、警官とかになりたがるもんじゃねぇの？
――仕事にしたくないんだろ、趣味だからこそ楽しいってやつだ。

——ひとの趣味をとやかくは言わないけどさ、火傷《やけど》しない程度にしろよ？

友人たちが、それぞれの表情で、そんなことを言っていた。

それらの言葉に対して自分がどう返していたのか、思い出せない。

◇

悪い夢の後の目覚めは、息苦しいものと相場が決まっている。

「……ぐ……」

絞り出すような唸《うな》り声とともに、宗史はゆっくりと目を開いた。

目の前に、女の顔があった。

青みを帯びた黒瞳《こくどう》、朝陽に輝く白茶の髪。

誰だろう、と思う。

悪夢の余韻のせいで、頭が働いていない。状況の把握に、時間がかかった。

彼我の距離は、せいぜい五十センチ。吐息がかかるというほど近くはないが、囁《ささや》き声が届かないほど離れてもいない。

「…………」

状況が把握できてなお、どう反応したものか判断ができず、数秒ほど硬直する。

「おはよう」

　小声で、挨拶《あいさつ》された。

（は⁉）

　アルジャーノンが自発的に言葉を発したことに、驚いた。

「おは……よ、う」

　戸惑いが声に出る。途切れ途切れに挨拶を返す。

「お前、こんなところで、何しているんだ」

「きみを、見ていた」

「見ていて楽しいものでもないだろう」

「そうでもない」

　ふふん、と小さく鼻を鳴らすとアルジャーノンは身を離す。

　昨夜の、寝間着姿ではない。見覚えのない普段着に着替えている。

「早起きだな」

「この体が、空腹を感じた」

　腹に手を当てて、そんなことを言う。

「食事の準備をしたいのだが、いいだろうか」

「ん？　……は？」

ソファに座ったまま寝てしまっていたため、体が妙な形に固まっている。軽くストレッチしながら、眉《まゆ》をひそめる。

「お前が？　料理するのか？　人間の食事を？」

「やってみたい」

アルジャーノンは頷《うなず》く。

「手順は、さきみの知識にある。簡単なものなら、問題なくできる――」

言い切って、少しだけ間を空けてから「はずだ」と付け足す。

宗史は頭を掻《か》くと、

「やってみな」

促した。

「はい」

アルジャーノンは、わずかに決意のにじみ出る表情で、また頷いた。

出てきた料理は、比喩《ひゆ》でも謙遜《けんそん》でもなく、本当に簡単なものだった。

生焼けのトースト、ちぎったキャベツだけのサラダ、少し焦げた目玉焼き。

「ずいぶんと流暢《りゅうちょう》に話すようになったたな」

「そう、だな」

キャベツをかじる手を止めて、アルジャーノンは頷く。

「寝ていた間に、さきみの記憶を、いろいろと、思い出した」

思い出した、という表現がわずかに引っかかった。

それは確かに、当人の実感に一番近い表現なのだろう。ただ、もともと自分の記憶ではないものに対して使う言葉としては、やや不適切ではあるが。

「少しは、そーじの負担を、減らせそうだろうか」

「は？」

「私は、日常を、送れそうだろうか」

……ああ、なるほど。

それは確かに、昨日、こいつに対して自分が言ったことだ。建物から出ない範囲で、日常に含まれる活動を一通りやれと。

「まぁ、なんだ」

なぜか気まずい気分になりつつ、宗史は言う。

「この朝飯は食えるよ。うまくもまずくもないけどな」

「それは、喜んで、いいのか」

「どっちかというと、褒めてる」

「そうか……」

はっ、とアルジャーノンの表情が真剣なものになり、

「味付け、を、していない」

「そうだな」

軽く頷いて、宗史は目玉焼きをかじる。

塩の一粒すら振られていない、素のままの黄身と白身の味。

「まあ、気にすることでもないだろ。味がなくても、食えば食えるし、腹もふくれる」

「いや、それでは、その……人間らしくない、のでは」

「かもな」

宗史の口から、意識せず、気のない返事が出た。

「そこまで含めて、気にすることでもないだろ」

「しかし……」

納得できていないらしいアルジャーノンは、しばし口を閉ざす。沙希未《さきみ》の記憶を探っているのだろうとわかる。

意を決したように立ち上がり、冷蔵庫へ向かい、扉を開けて何かを取り出して閉めて、戻ってきて、そして——自分の皿の目玉焼きの上に、ケチャップをひねり出した。

食後のコーヒーは、宗史が淹れた。

アルジャーノンは、沙希未はこうしていたと言って、大量の砂糖をカップに入れた。

「……そういえば、気になっていたんだけど」

自分のカップにミルクを注ぎながら、宗史は尋ねた。

「お前、どうして僕にこだわるんだ？」

「……？」

不思議そうな顔をされた。

「昨日からそうだっただろ、お前。誰の言うことも聞くけど、誰に言われるまでもなく、僕についてきてた。婆さんや孝太郎《こうたろう》よりも、僕を優先してた。だろう？」

「……はい」

「なんでだ」

改めて問う。

「必ず助ける、と言われた」

即答された。

「誰に、いつ」

「そーじに、最初の夜」

胸元で右手を左手で包み込み、なにか大切なものについて語るように、言う。

（僕？）

何の話だ、と思う。

「必ず助ける、安心していい、と」

そう遠い過去の話というわけでもない。思い返せば、すぐにその時の情景が浮かぶ。

――おね……い……。

――たす、け……あ……て……。

苦しげに訴える沙希未の顔。声。

その手を握りしめて、自分は確かに、約束した。

――ああ、もちろんだ。

――君のことは必ず助ける。安心していい。

ああ、なるほど。納得はした。

あの時のあの声が、沙希未の中にいたアルジャーノンにも、聞こえていたのか。

「あれは、沙希未ちゃんに対して言ったことだ。お前に言ったんじゃない」

「そう、なのか？」

そうだ、と頷く。

「勘違いするな。アルジャーノン。お前と彼女は、別のものだ」

「……そうか。そうだな」

かすかに苦笑いのようなものを浮かべて、アルジャーノンは顔を伏せる。

「ならば、そーじ。いま、私が、改めて『助けて』ときみに乞《こ》うたなら……きみは、応えてくれるか」

「言われずとも」

カップの中のコーヒーを一息に飲み干す。

「その体のことは大切にするさ。沙希未ちゃんなんだからな」

しまった、と思う。

いま自分は、無用に挑発的なことを言ってしまった。大切にするのは沙希未だけで、アルジャーノンは対象ではない。それはつまり、沙希未を取り戻すにあたって、アルジャーノンを邪魔に思っているという宣言に他ならない。

「そうか……」

また何かを思い出しているのか。それとも、ただ考えているのか。

数秒を経て、アルジャーノンは、顔を上げた。

「うん……そうだな。それでいい。それがいい」

何かを納得したように、頷く。

妙に素直だな、と思う。

言われたことを理解しきれていないだけなのか。それとも。

すべてを理解したうえで、受け容れているのか。

(……ああ、畜生)

天井を仰ぐ。

素直ないい子じゃないか、と、こいつを知る他の者たちは言う。それはそうだろう。こいつは確かに、そう見える行動をとっている。人間ではないものの行動も、人間の情緒を通して見てしまえば、人の子であるかのように評価できてしまう。

なぜだろうか。自分一人だけが、それをうまく認められずにいる。

アルジャーノンの指が、菓子受けの皿に盛ったナッツを、ひとつつまむ。

口に運び、ぽりぽりと齧《かじ》る。

人のようであり、人以外のようであり、そのどちらとも断じきれない仕草。見ているのが辛くなって、宗史は目を逸らす。

(2)

「さて、どう考えたものだかね」

老女医は腕を組んで、眉を寄せた。

門崎《かどさき》外科病院には、どうやら今日も、ろくに客が入っていない。面倒な頼みをする身としてはありがたい限りではあるが。

診察室でも待合室でもなく、院長室に呼び出されている。こんな小さな街医者にこんな大層な部屋が必要なのかと言われそうだが、闇医者めいたこともしている以上、人の出入りの少ない部屋は必要になるのだろう。その予想を裏付けるように、部屋に窓はなく、扉も厚い……会話が外に漏れないよう、ちょっとした防音室になっている。

「昨日の今日で済まない、ドクター」

宗史は頭を下げる。

「それは構わないさ。言ってみりゃ、『患者の容態が激変した』って話だからね。医者がそこをどうこういうことはないよ。ただねえ」

カルテを手に、こめかみをボールペンの尻《しり》で突いている。

「一日でずいぶん様子が変わったもんだね、あの子も。石膏《せっこう》像みたいに静かだったのに、今日はふつうに問診までできた」

「当人いわく、宿主の記憶を読み進めたんだそうだ」

「ああ、それは聞いたよ、あたしも当人の口からね」

天井を仰ぐ。

「おかげでまぁ、診断自体は手間かけずに済んだんだけどねぇ」

「なにか面倒事でも」

「面倒というか、なんというか……まあ、見てもらうのが早いか」

タブレットを差し出された。受け取る。

11インチの画面に、X線写真が表示されている。撮影時間は今から十分ほど前。昨日見たものとほとんど変わらないように見える。だが、よく注意してみれば、確かにわかりやすい変化がひとつ見てとれる。

「影が、小さくなってる？」

「そういうこと。例の研究レポート、読んだかい？」

尋ねられて、思わず唇がひきつる。

「読もうとはしてみた」

「正直だね。ラット実験の後半については？」

「どこに書かれてるのやら、見当もついてない」

肩をすくめる。

女医は、ふむと一度小さく鼻を鳴らす。

「あんたから受け取った分に、あたしも軽く目を通してみたんだけどね。埋め込み手術から二百四十四時間、だそうだ」

「何が」

「自然回復だよ。十日と四時間、それだけの時間で、ラットの体は異物を自分の外へと押し出した」

目を見開いた。

「宿主の細胞に擬態して一体化する、確かにとんでもない生態だけどね、こと生命力という意味では宿主側のほうに主導権があるらしい。仮説も載ってたよ、自然治癒と新陳代謝の繰り返しで、置き換えられていた偽の細胞の居場所を奪うんじゃないかって」

「できるのか、そんなこと……」

「できたんだろ。そして、同じことがどうやら、あのお嬢ちゃんの体でも起きてる」

タブレットを取り上げられる。

老女医の指が液晶の上を踊り、別の写真を呼び出す。改めて見せられる。

「追い出された偽細胞は、血液に溶けた状態で排出される」

小さな白いネズミが写っている。そのすぐ横に、小指の先ほどの大きさの、粘性を帯びた赤いゼリーのような塊が転がっている。

「どうやらあの〝コル＝ウアダエ〟は、別の生物の細胞に擬態している状況では、うまく細胞分裂ができないみたいだね。そのあたりの齟齬《そご》が、こういう現象を生む」

ちなみに知能テストの成績も傾向も、すべて元通りになったらしい——と、おまけのように付け加えて言う。

「は、はは……」

頰がひきつる。笑いが浮かぶ。

「ネズミの場合十日だったってだけで、人間サマの場合どんだけかかるかはわからないけどね。単純に代謝速度に依存するなら数ヶ月かかってもおかしくない」

「だとしても」

そう。時間はかかるかもしれない、だとしても、そこに可能性が示された。

沙希未を助ける方法について、昨日までまったく見当もついていなかった。光明を得て、視界がいっきに開けた。

「逆に、まったく違う要因が働いてるなら、ずっと短い時間でも不思議はないけどね。まあ、いつ何が起きても驚かないように、心の準備だけはしておきな」

ああ、と頷《うなず》く。

「この話、アルジャーノン自身には?」

「もちろん、してない。話すかどうかは、あんたが決めな」

「ああ——もちろんだ、そうさせてもらう」

勢いに任せ、何度も頷く。

「ありがとう、ドクター」

「礼を言われるには、まだまだ早いよ」

「それでもだよ」

頭を下げる。老女医は、どこか不機嫌そうに、そっぽを向いた。

◇

「ケチャップかぁ。ちょっと攻めたほうに行ったねえ」

「おかしかっただろうか」

「そうじゃなくてね、人それぞれで好みが分かれるし、こだわりも出るとこだから。マヨネーズ以外認めないって人もいるし、しょうゆだけが正義って人もいるし。うちのおばあちゃんは胡椒《こしょう》派で、お父さんが味噌《みそ》派で、お母さんと私はポン酢派。友達には、ホイップクリーム派ってのもいるよ」

「ホイップクリーム」

「焼いた後にのせる人もいるし、焼く前に味つけしたほうがいいって人もいる。もちろん、なにもつけないのがいいって人も多いしね。まわりに迷惑かからない程度に、好きなようにすればいいんだよ」

「好きなように……か……」

「ケチャップ好き？」

「わからない。味を識《し》ってはいた、けれど、今朝、初めて自分で味を知った」

「おいしかった？」

「それも、よく、わからない」

「じゃあ、いろいろ試すのがいいんじゃないかな。好きなものは、自分で探さないとなかなか増えないよ。でも、がんばって探して、これだってものを見つけられたときには気持ちいいんだ。人生広がった感じで」

「……人生。それは、人間らしい営みの、こと？」

「たぶんねえ。あはは、えらそうに人生語っちゃったよ」

「感謝、する。とても、助かる」

「ならいいんだけどぉ……あ、江間《えま》さん」

そこでようやく、看護師服の中学生《伊桜》が顔をあげてこちらを見た。

「おばあちゃんのお話終わりました？」

「ああ」

診察室の扉の前、宗史は頷く。

「盛り上がってたみたいだな。何の話をしてたんだ？」

「ええとぉ」

伊桜《いお》は、ちらりと横目でアルジャーノンの顔を見る。

「あれです、ガールズトークです、男の人には内緒です」

「そう、なのか」

もう一人の当事者であるアルジャーノンに驚いた顔をされるが、

「そうなの」

力強く頷く。

「だから話しちゃダメ。謎は女をミステリアスに彩るの」

「そうか」

くるくると勢いよく喋《しゃべ》る伊桜の勢いに、アルジャーノンは戸惑いながらも、どこか楽しそうにも見える。

「……おかしなこと覚えさせてないか？」

「そんなことないですぅー、女の子の嗜《たしな》みだけですぅー」

唇を尖《とが》らせる。

まるきり、同世代の友人とのおしゃべりそのものだ。

相手は未確認生物なんだぞ、とか、慎重に接しないと危険だ、とか。そういう言葉が脳

裏に一瞬だけ浮かぶが、舌先に乗る前に消えた。代わりに、

「帰るぞ。孝太郎を待たせてる」

そう促すと、アルジャーノンはゆっくりと立ち上がった。

（3）

「どっかでアイス食べてかない？　暑すぎでしょ今日、マジで」

Tシャツの胸元をばたばたやりながら、運転席の孝太郎が、うめくように言う。

輝く太陽、照り返すアスファルト。さらには、海辺の街というロケーションが、特上の湿度まで加えてくれている。確かに、今日の暑気はかなりしんどいレベルのものだ。

「悪くないかもね」

スモーク越しに窓の外を眺めながら、宗史は答えた。

「とはいえ、どこの店に行く。海岸沿いは梧桐《ごとう》の手下のテリトリーだ。駅前フードコートも人の目が多い。目立たないようにって条件下だと、いろいろ厳しくないか」

「……へぇ」

なぜか、なにか感心したような声を出された。

「そうだねぇ、五丁目の川そばに氷菓に強い喫茶店あるんだけど、そことかどうかな。個

人店だからそんなにフレーバー多くないけど」

「いいね、そこにしよう」

隣を見る、アルジャーノンは無言のまま、しかし明らかに表情を輝かせている。

「何か、いいことでもあったわけ？」

交差点、赤信号。運転席の孝太郎が、振り返って尋ねてくる。

「二人とも、なんか顔が明るいけど」

どう答えたものか、と思う。

いいことがあった、というのは事実だ。しかしその内容は、まだアルジャーノンには聞かせたくないものだ。だから、

「秘密だ」

そう答えた。

孝太郎の視線がアルジャーノンに向く。

「私も、秘密だ。謎は、女を、ミステリアスに、彩るらしい」

「なんだよー」

孝太郎は唇を尖らせる。

「いいからこっち見るな運転手。信号変わるぞ、前を向け」

「へいへい」

滑るように、車が動き出す。

そういえば、こいつに聞きたいことがひとつあったのだと思い出す。

「あの部屋、なんで金魚鉢なんて置いてあったんだ？」

「へ？」

「フィルターまで用意してあった。どういう事態に備えた備蓄だよ」

「……あー、そっか。置いてあったんだ、そんなの」

「いや、『そっか』じゃないだろ。知ってて金魚を押し付けさせたんじゃないのか」

「いやいや。きれいに忘れてたよ。何もなくても、洗面器か何かで飼えるよなって思ってたんだけど」

そうかー揃《そろ》ってたかー、と無責任なことを言う。

「セーフハウスってさ、ふだんは使わない部屋じゃん。だから以前は物置きみたいになってたこともあって、たぶんその時に置いたままだったやつだと思う」

なんだそりゃ、と思う。

「……じゃあ、なんで、うちに金魚を飼わせようとした？　伊桜……さんを唆したの、君なんだろ？」

「それもまぁ、そこまで深い意味があったわけじゃないんだけどねぇ」

強いて言うならぁ、と孝太郎は言葉を挟んで、

「閉じこもったまま何もやることないと、人間、よけいなこと考え始めるでしょ。江間サンみたいなタイプは、特にさ。だから、ちょっと多めなくらい、世話を焼く相手がいたほうがいいんじゃないかって」

「はぁ？」

予想外なことを言われた。

「そんな理由で？　この非常事態に？」

「非常事態だからこそ、心の静穏が大事なんだよねえ。オレって気が利くからさあ」

からっからと笑う。

「そういや、魚を飼う場合でもアニマルセラピーっていうらしいのな。なんかこう、ちょっと違和感あるじゃん、アニマルっていうとやっぱ犬猫っぽいイメージあるし。でもセーブツガク上は違うらしくてさ。確かに、魚も背骨あんだから脊椎《せきつい》ドーブツだろって言われたらその通りなんだけど、なんかこう、モヤモヤが残るっていうか」

中身のない軽口が、次々と孝太郎の舌から滑り出る。

聞き流しながら、宗史は小さく舌を打つ。

「……ったく」

よけいな心配をしやがって、と。

三割くらいは本気で、そう心の中で呟《つぶや》く。

◇

部屋に戻った。やるべきことは多い。手洗いうがい。侵入者がいなかったかの簡単なチェック。それらすべてが終わってから、冷房のスイッチを入れる。

「ふぅ……」

冷風を浴びながら、一息つく。少しずつ、汗が引いていくのを感じる。

掃き出し窓を覆うカーテンのレースが、太陽の光に輝いている。そのすぐ近くに、アルジャーノンの背中を見つける。

「何してる」

声をかけると、アルジャーノンはゆっくりと振り返る。

「街を」

「見ていた？」

こくん、小さく頷《うなず》く。

アルジャーノンのすぐそばに立ち、宗史もまた、同じものを見る。ちょうど西に傾き始めた太陽が、街を構成する白と緑を、その向こう側に広がる海の青とを、つまりはそこに広がる世界のすべてを、鮮やかに輝かせている。

目を細めて、宗史は尋ねる。

「お前でも、こういう景色を、綺麗《きれい》だと思ったりするのか？」

短い沈黙。

「よく、わからない」

視線を窓の外に留めたまま、そう答えてくる。

「やっぱり、人間とお前とで、感性が違ったりするのか」

「それも、わからない。私は――」

手のひらを、そっと、窓のガラスに当てる。

そのまま、何かを握り込むように、指を畳む。

「――私は、自分が何を感じているのかが、わからない。言葉にできない」

「そうか」

こいつが自分を説明できないのは、今に始まったことではない。そしてそれも、当たり前のことではあるのだろう。こいつが扱えるのは、真倉《さなくら》沙希未の知る語彙《ごい》だけ。自分を表現できる自分の言葉など、最初からひとつも持ち合わせていないのだから。

それでも、

「自分自身のことは、少しはわかったか」

尋ねてみた。

アルジャーノンは、振り返った。身長差があるため、見上げるような姿勢になる。

「さきみの体に入り込んだ、寄生生物《パラサイト》なのだろう。こうめが言っていた」

「こうめ？」

「あの医者だ」

ああ。あの老女医のことか。そんな可愛らしい名前だったのか。

「前代未聞の寄生生物《パラサイト》が、さきみの意識も封じ込めて、体を奪っているのだろう」

そこで、力なく笑みを浮かべて、

「つまり、悪の怪物、だな」

そんなことを、言う。

宗史は言葉を失う。

それから、失った言葉を、どうにかかき集めて、声を紡ぐ。

「――研究棟で見つけたあのとき、沙希未ちゃんは、傷を負ってた。致命傷になりかねない場所だった。たまたまお前が入り込まなければ、死んでいたかもしれない」

最初に見た、X線写真の画像を思い出す。白い影が覆っていた場所、つまり〝コル＝ウアダエ〟によって修復されたのであろう場所は、いくつかの主要な臓器の位置に重なって見えた。

「そうなのか」

「その一点において、僕はお前に感謝している——ありがとう」

「そうか……私は、役に立てたのか。それは、少し、嬉《うれ》しいな」

微笑む。だが、やはり、その表情には力がない。

「感謝してるんだ。でも……そのうえで、僕は」

「わかっている。さきみを助けたい、のだろう？」

指先が伸びて、宗史の唇を押さえた。

「私に、ここから消えてほしいと、思っているのだろう？」

それは。

一切の虚飾なく、言い訳の余地もなく、確かに宗史の望みをそのまま言い当てている言葉だった。

「そう、案ずるな。私も、同じように、考えている」

優しい、透明な微笑みを浮かべたままで。

「悪の怪物は、消えるべきだ。君の望みは、間違っていないよ」

「……お前」

「どうせ私は、遠からず、ここから消えるのだろう？」

息を呑《の》む。

「気づいていたのか」

「なんとなく、な」

頷いてから、アルジャーノンはふと思いついたような顔になり、

「ああ、違うな。こういうときはあれだ、あれを言うべきだな。『自分の体のことだ、自分が一番よくわかっている』」

わざわざ声を低くして、ハードボイルドの主人公でございという声色で、そんなことを言って……それから、「ふふ」と楽し気に笑う。

なぜ、笑えるのか。それが、宗史にはわからない。

「約束を、しよう」

宗史の反論を、いや反応を許さずに、アルジャーノンは一方的に宣言する。

「今すぐとは、言えない。今ここで私が去れば、さきみの体が壊れてしまう。だが、遠からず時は来るだろう。その時には」

指先が、唇を離れる。

「どうにかして、私は、この体をさきみに返そう」

「でも、それじゃお前は」

「そうだな。私は、私単体では、生き物ではない。他の生き物を衣《コロモ》としていなければ、生き物の真似を続けることすらできない、が」

くるり、踊るように身を翻し、背を向ける。

白いスカートの裾《すそ》が、わずかに躍る。

「その時には、また違う生き物の中にでも、入ろう」

「は？」

それは、宗史がまったく予想していなかった提案だった。

「できるのか、そんなこと」

「さあ」

「さあって、お前」

「私は、私のことを、何も知らない。知らないことは、答えようがない。が」

アルジャーノンの手が、窓を覆うカーテンを、閉じた。

レース越しの陽光すら遮られ、部屋の中が、一気に薄暗くなる。

「悪の怪物ならば、きっとそのくらいには、しぶといものだろう」

なんだ、そりゃ。

わけのわからない、筋も通っていない言い分。けれど。

「……わかった」

理解も納得もできなくても、宗史には、そう答えることしかできない。

「約束だ。その時には、お前の次の体を探す手助けくらいは、してやる」

「ああ、それは、助かるな」

「リクエストはあるか。ワシントン条約に反しない範囲なら、聞いてやる」

「それも、嬉しいな。考えておこう」

そんなことを言って、アルジャーノンは窓辺を離れる。

宗史に背を向け、その表情を隠したままで。

（4）

渡ヶ瀬《わたがせ》付属中は、現在、夏休みの真っただ中である。

クラスメイトたちが海に山に受験勉強にと駆け回っている中、門崎伊桜は、祖母の病院の手伝いのシフトを増やしている。孝行のつもりもないわけではないが、目当てはバイト代。そこそこちゃんとした額を出してくれるのだ。

もちろん、まともな医療現場であれば、中学生にできる手伝いなど知れている。しかし、まともではない祖母の病院では、やれることは意外と多い。書類の整理だとか掃除だとか給水機や観葉植物などの手入れだとか。その合間合間に、話しかけてくる患者たちとの世間話とか。あとは——防犯カメラの確認と映像の管理だとか。

忙しい日は、本当に忙しい。

そして、忙しくない日は、まあ、それほど忙しくない。そういう時には、祖母が「今日はもうあがっていいよ」と言ってくれる。そして伊桜は遠慮なく、はりぼての看護師（の制）服を脱いで、病院を出るのだが。

「いーやいや、ナカタちゃーん、そこはほら、オレとキミの仲じゃん？　うんうん、そっちの件はどーんと任せてもらっていいからさ、うん、心配ないからもうバッチオーケーだから。そうそう、だからキミんとこのボスにさ、そう、例の話をさ——」


正面口から外に出てすぐに、妙なものに遭遇した。

その妙なものは、髪を銀色に染めた、軽薄そうな青年の姿をしていた。つまるところ、『おしゃべり屋』こと篠《しの》木《ぎ》孝太郎その人だった。こちらに背を向けて、スマートフォンで誰かと話している。

「——うんうん、それじゃそういうことで。じゃあねえー」

ふわっふわに浮ついた口調で何やら話を終えて、通話を切る。

ふぅ、と一息ついているところに近づいて、

「こぉら」

背を、指先でつつく。

「おわっ!?」

不意を突かれて、大の男が、思い切りのけぞる。

「こんなとこで何やってんの、孝太郎くん」

「……やぁ、伊桜ちゃん。いい天気だね」

「天気はともかく。ひとんちの前で詐欺師っぽい長電話はやめてよ。そうでなくても、ちょっとうさんくさい目で見られてるんだから、うちの病院」

門崎外科病院の風評については、もちろんただの自業自得である。

が、そこは棚に上げておく。悪い女である。

「詐欺師っぽいとは心外だなぁ、裏表のない立派な契約の話してたんだよ？」

「だとしても、孝太郎くん、喋《しゃべ》ってるだけで詐欺っぽいし」

「ひどいこと言うね？」

口先では抗議してみせるが、顔はへらへらと笑っている。

「それで、なんでこんなとこでそのケーヤク話してるの。うちに用じゃないの？」

「あーうん。小梅《こうめ》サンに頼もうかなと思ってた案件があってね。でもたった今、別のラインに繋《つな》ぎが出来ちゃったから、必要なくなっちゃったよ」

「ふーん？」

伊桜は首を傾げる。

「じゃあ、一仕事終わってヒマになったわけだ」

「ヒマじゃないぜえ、みんなに愛される『おしゃべり屋』はいつだって多忙の極み、汗を拭《ぬぐ》う時間もないくらいだ」

「ふーん？」

くるり、伊桜は踵《きびす》を返して、

「お茶いこ。おなかすいちゃった」

「もしもーし、伊桜ちゃん、話聞いてた？」

「聞いてた聞いてた。えーと、クーポンまだあったかな」

「もしもーし」

「ぐずぐずしてると、置いてくよ？」

返事を待たず、すたすたと、歩き出す。

◇

深路《ふかみち》駅南口から徒歩二分、小さな雑居ビルの一階から三階までに、誰もが知る超大手チェーンのハンバーガーショップが入っている。一階には十七席、二階には三十八席、三階には三十二席。以前は三階が喫煙可だったけれど、時流のせいか、少し前に全席禁煙に変わった。

おしゃべりをするなら、その三階席がいいと門崎伊桜は知っている。もと喫煙席という来歴のせいか、下に比べて、少しだけ空いているから。

「真倉沙希未さんって、どんな人なの？」

湿気ったポテトを一本つまみながら、伊桜は尋ねた。

「よくわかってないいんだけど、あのノンちゃんとは別人なんでしょ？　いい人？」

「と言われてもねえ。オレもその子と面識はないいんだよ」

コーヒーのカップを指先で弾きつつ、孝太郎は答えた。

「昔、江間サンが家庭教師やってたときの教え子なんだってさ。で、久しぶりに会ったとたんに、こういうことになったって」

「家庭教師、教え子……」

ふたつの単語を舌先で転がす。ピンとくる。

「付き合ってた⁉」

「JCの想像力、怖《こえ》えよなあ。それマジで周りの目が冷たくなるやつだからね？　下手なことしたら手も後ろに回るからね？」

「ええー、つまんない」

伊桜は唇を尖《とが》らせる。

「それには同意。けど、世の中、刺激を求めすぎてもロクなことにならないから」

「むー……それ、孝太郎くんが言うと、説得力ある……」

「だろ？　滲《にじ》み出《で》るオトナの貫禄《かんろく》が、そうさせちゃうだろ？」

「ロクなことにならなかったオトナの見本だしね」

「正論は人を傷つけるよ？」

まったく傷ついた風でない孝太郎の抗議を、知らん顔で受け流す。

期間限定アボカドWバーガーに、思い切りかじりつく。

「まあ、仕事上ね、少しは調べたけどね」

ポテトの一本をつまみつつ、孝太郎は面白くもなさそうに言う。

「真倉沙希未、十九歳、大学生。渡ヶ瀬大の文学部の二年生。友達は多くない。あの通りの美人だし、何かと嫉妬《しっと》されたり誤解されたりすることが多くて、人付き合いに嫌気が差しちゃったパターンっぽいかな。誤解をいちいち解いて回るより、独りでいるほうが気楽でいいやってなっちゃった感じ」

「ふぅん」

口の中がいっぱいなので、まずは鼻で返事。

コーラで喉《のど》に流し込む。行儀のいい食べ方ではないけれど、ここにはそれを指摘してくるような、まともな大人はいない。やったもの勝ちだ。

「ノンちゃんとは、だいぶ違うタイプなんだ？」

「まあ、そうだね。どっちかというと、江間サンのほうが近い」

「あー……」

伊桜は斜め上に視線を逸らして、話題に出た、江間宗史のことを考える。

これといって特別なところのない、ごくごく普通の青年、のように見えた。そこそこ真面目で。少し気弱で。ちょっと優しくて。そんな、どこにでもいそうなタイプだと。

いま話に聞いた真倉沙希未のイメージとは、特に、似ていない。

「……江間さんのほうは、どういうひとなの？　私、あんまり話したことないから」

「ん？　んー……あの人はねぇ。なんていうか、そう……苦労してきた人だよ」

それはまあ、そんな感じではあるけれど。

でも、あのおばあちゃんの病院を使う人たちは、みんなそれぞれにヤバい事情を抱えている。人生に苦労していない人間は、ほとんどいないだろう。だから説明がそれだけだと、あまり特別に聞こえない。続きを待つ。

「昔、いろいろあってね。一種の対人恐怖症みたいなもんで、他人と信頼関係を結べないんだよ。利害の一致とか、取引相手だとか、そういう表向きの言い訳がないとひとと交流できないわけ」

「ふうん……」

思い出す。同居人がいきなり増えて、おろおろと戸惑いまくっていたあの姿。あれは、孤立が当たり前の生き方をしてきたからなのか。なるほど、納得できる。

「あれ、でもさ」

指で示す……と行儀が悪いので、ポテトの一本を目前の男に向ける。

「孝太郎くんは、自称親友なんだよね？　おかしくない？」

「はは、まぁ、オレはあの人の大ファンだからね。ちょっとした抜け道を見つけたんだ」

「なにそれ」

「信頼関係を結べないんだから、信頼されなきゃいいんだよ。簡単簡単」

「……いやいや、ほんと、意味わかんないんだけど？」

「約束したんだよ、いざって時には必ず裏切るって」

「はぁ？」

耳を疑った。

裏切るというのは、つまり、ええと、そういうことだろうか。敵になるとか、後ろから刺すとか、そういうやつ。良いことではないし、歓迎できることでもないし、誇れることでも讃《たた》えられることでもないはずで。ああでも確かに、信頼関係とは真逆の間柄と言えるのかもしれない、いやでもそれって先に言っちゃ意味がないし約束するようなことでもないし、ああやっぱり全然わかんない。

「そんで、それを信じてもらえたわけ。篠木孝太郎は、いざって時にちゃんと江間サンを切り捨てて私欲に走れる人間だって。いやあ、あんときは嬉《うれ》しかったなぁ」

……………うん、なんかもう、理解しようとすること自体が間違ってる気がしてきた。

「江間さんが変わりものだってのは、わかった。あと、孝太郎くんが同類なのも」

「へへ、だろ？」

なぜそこで、嬉しそうに鼻の頭をこするのか。

(男の子って、わかんないなぁ)

コーラの残りを、ずぞぞとすすりながら。そんなことを考えた。

実年齢のことは、この際考えない。クラスの男子と同レベルに子供っぽいのだから、男の子という表現は適切だと思う。


でんでろでろでろ、でんでろでろでろ。


突然何の音かと思えば、スマートフォンの着信音だった。

「……ごめん、ちょっと席外す」

「あ、うん行ってらっしゃい」

サイドバッグからスマートフォンを取り出しつつ、孝太郎が席を立つ。

（……さっきのとは違うスマホ……）

病院前で孝太郎が使っていた機体は、赤いケースに入っていた。そして、いま彼が手にしていたのは、グリーンのラバーケースだった。

それ自体はまあ、複数の連絡先を使い分ける必要のある仕事をしているなら、珍しい話ではない。彼の言う『おしゃべり屋』も、おそらくはその類のものなのだろう。なので、まったく不自然なことではないのだけれど。

着信音が聞こえた瞬間に、孝太郎の表情には、明らかな緊張が浮かんでいた。

その事実だけが、妙に伊桜の気にかかった。

（5）

態度を変えるまい、と宗史は自分に言い聞かせていた。

アルジャーノンは敵ではない。沙希未を助けるうえで確かに邪魔な存在ではあるが、当人はそれを自覚して、かつ自ら退くことを宣言すらした。その弁を信じるのなら、敵どころか、味方であり同志だということになる。

だからもう、こいつに対して敵意を抱く理由はない。

さらに言うならば、当のアルジャーノンが、相変わらずだ。宗史の言うことを聞き、指示には従い、望むことがあれば言葉にする。全面的に信じられ、頼られている。少なくとも、そう感じる。

それでも、だ。

心を許すなと、宗史は改めて自分に命じた。こいつが未確認生物であることに変わりはないのだ。いつ、どのような危険に転じるか、本人を含めて誰にもわからないのだ。だから、警戒は必要なのだ、と。

そう考えていないと、どうにかなってしまいそうだった。

◇

映画が見たい、とアルジャーノンが言い出した。

いきなり何を言い出すんだ、と思った。

それはそれとして、セーフハウスに閉じ込められ、暇を持て余している身だ。断る理由もない。スマートテレビをつけて、リモコンを渡す。アルジャーノンは青みがかった目を輝かせ、画面に飛びついた。

「そんなに嬉しいもんか？」

そう尋ねたら、「はい」と返事が返ってきた。

「さきみは、あまり、こういうお話を観なかった。だから、私にとっては、どれも、目新しい」

「へぇ……」

それは少し、意外な話ではあった。宗史の知る沙希未はちょっとした読書家で、どちらかというと文学少女寄りのイメージがあった。

しかし改めて思い返してみるに、ノンフィクションを好む傾向があったような気はする。文字を追うことは好きでも、作り話をそれほど好まないタイプだったのだろうか。それも、いまいちピンとこない解釈だけれども。

「おすすめは、あるか？」

「と言われてもな。僕も最近あまり観てないし……」

グラスに麦茶を注ぎつつ、宗史は少し考える。

「ベタ系アクションから攻めてみるか。ホラー要素は大丈夫か？」

なにせアルジャーノン自身がホラー映画的な存在なのだからと、ちょっとしたジョークのつもりでそう話を振ったら、

「わからない。見てて、無理そうだったら、言う」

真剣な顔でそんなことを言われた。

「……そうだな。ギブアップは早めにな」

「はい」

真顔で頷《うなず》く。

部屋の明かりを、少し落とす。麦茶のグラスを手に、ソファに二人並んで座る。ポップコーンがないのが少し悔やまれる。

さて、画面に流れ出したのは、少し古いアクション映画。

二十世紀初頭のパリを舞台に、退屈に倦《う》んだ不死の吸血鬼たちが、一人の少女を狙って争う。なにせ死なない連中同士のバトルだ、やることなすことすべてが大雑把で適当で、街のあちこちが雑に血塗られて、人間たちが悲鳴を上げる。

「……そういえば」

吸血鬼の一人が、蝙蝠《こうもり》に化けて夜霧の中を飛んでいる。無数の鉄杭《くい》がどこかから降り注ぐ。必死になって避けるが、一本に心臓を貫かれ、凱旋門《がいせんもん》っぽい石壁に縫い留められる。

「お前はこういうの、できないのか？」

「こういうの、とは？」

「超怪力とか、背中から羽を生やすとか」

「……なるほど」

隣で、アルジャーノンの肩が小さく揺れる。

縦に、横に。

続けて、小さな拳《こぶし》を握ったり開いたり、上下左右に振ってみたり。

「やりかたが、わからない」

「そうか」

軽い気持ちで聞いてみただけだったのだけれど、律儀なものだと思う。期待に応えられなかったと当人は残念そうにしているが、むしろ成功されていたら大変なことになっていた。これでよかったのだ。

画面の中で、話が進む。

青年吸血鬼が主人公の少女をさらい、状況について説明する。刺激に飢えた吸血鬼たちによる享楽の宴、目をつけられた一人の血を誰がモノにするかを競い合うゲーム。なにより、それと少女は激高し、吸血鬼の頬をひっぱたく。口喧嘩《くちげんか》が始まり、そこに別の吸血鬼が襲い掛かり、二人は逃げ出して、罵《ののし》り合いながら街を駆け巡る。

次々に繰り出される、あまり金のかかっていないCG。

物語は後半に入り、状況は急変する。動き出すヴァンパイアハンター、狩られてゆく吸血鬼たち、明らかになる陰謀、傷つく青年吸血鬼、少女の叫びと涙、それから、モンパルナスの外れ、古ぼけた安ホテルの一室で、二人のシルエットが重なり合う。そして、ベッドの上へと倒れ込む。

「………」

やばい、と思った。

最近の映画では数が減ったが、昔の映画では約束事であるかのように盛り込まれていた一連の流れ。いわゆるところの、ベッドシーンである。

（どう反応すればいいんだ、これ……）

宗史は横目でアルジャーノンの様子を窺った。

予想していたような反応はなかった。それまでのアクションシーンを見ていた時とまったく同じ姿勢で、画面に目を向けていた。

安心すると同時に、その反応に、違和感も抱く。

もしかしてこいつは、バトルもロマンスも、見分けがつかないのだろうか。なにせ人間ではないのだ、感性が根本から違うという可能性も、なくはない、ような。いや、どうだろうか。

（まぁ……こいつが動揺しないなら、僕だけが反応するのもおかしいよな……）

そんなどうでもいい悩みに答えが出せずにいる間にも、物語は進む。

心を通わせた二人は抜群のコンビネーションで危機を乗り越えていき、敵を撃破する。

そして別れのシーン。セーヌ川の彼方《かなた》に朝日が昇り、少女が振り返った時、そこにはもう青年吸血鬼の姿はなかった。

スタッフロールが流れる中、隣のアルジャーノンが深い息を吐いたのが聞こえた。

「そんなによかったか？」

尋ねると、力強く頷いてから、「はい」と遅れて返事をした。

「続編あるけど、そっちも見るか？」

弾かれたように、勢いよくアルジャーノンの首が回った。熱すら帯びた視線が、まっすぐに、宗史の双眼を射貫く。

「……オーケー」

リモコンを操作する。

映画を立て続けに三本も見れば、当然陽は沈むし、夜も更ける。

他にできることがなかったとはいえ、なんとも堕落した一日を送ってしまったものだと思う。

なんだかんだで充実した時間だったのが、少し悔しい。

ついでに言えば、すぐ隣でアルジャーノンの気配が一喜一憂している、それを感じているのも、楽しくはあった。時間を共有していることの実感とでもいうのか。

「沙希未ちゃんとは、やっぱり、だいぶ違うな――」

アルジャーノンの語彙《ごい》が増えて、円滑に会話ができるようになり、改めてその性格が見えるようになって……ようやく、比較ができるようになった。

記憶の中にある真倉沙希未は、賢く、気の強い子だった。利発で、はっきりと物を言って、同時に猫をかぶるのもうまい子だった。同世代の子たちとの嚙《か》み合いはあまりよくなかったようで、協調性に欠ける自分にコンプレックスを抱いていて、しかしそれでもかまわないと胸を張ってもいた。

まとめて言えば、甘え上手ではあっても、誰かに頼るような子ではなかったのだ。そこが、宗史の印象に残っていた。もちろん六年の間に成長し、おそらくは性格もある程度変わっていたのだろう。しかしそれでも、昔の彼女とは、どう想像を広げても、いまのアルジャーノンの姿が重ならない。


さすがにくたびれた。あくびをしながら寝る準備を進める。

シャワーを浴びて歯を磨いて軽く体操をして、後はもうベッドで横になるだけ。

そのはずだというのに、寝間着姿のアルジャーノンが、ソファに座っている。

「……まさか、今からもう一本見たいってのか」

アルジャーノンは答えない。

「明日《あした》にしろ。ほら、とっとと寝室に行け」

アルジャーノンは動かない。

「あのなあ――」

宗史が言い募ろうとする、それを遮るようにして、

「ここがいい」

「――あ?」

「私も、ここで、体を休めたい」

おかしなことを言い出した、と思う。

「こっちは僕のテリトリーだ。お前は向こう。交換はしない」

「交換ではない。一緒がいい」

「いや、あのな」

「そーじの、寝息の聞こえる、距離がいい。なんなら、もっと近くが」

「却下だ却下。いいから一人で寝てこい」

「どうしてもか」

「どうしてもだ。僕も道徳も常識も世間も法律も、お前は寝室で寝るべきだと言ってる」

「そう、か……」

肩を落とし、背を向ける。

「そーじと、道徳と、常識と、世間と、法律が言うのでは、仕方がないな……」

小さなその背中を見ていると、わけのわからない罪悪感が、ちくりと心を刺す。

「……また明日な」

無意識に、そんな声をかけていた。

「はい」

アルジャーノンは振り返り、

「また、明日」

あいまいな笑顔とともに、そう応えてきた。

day：4

四日目：

自分たちが発見した最も偉大な錯覚に、
人間は『愛』と名付けた。

――西灘《にしなだ》真希《まき》『星々の龍《りゅう》の頭に座して』

アルジャーノンと金魚鉢

（1）

のちの報道によれば、建物自体に多くの不備があったということだった。火災報知器の不備、煙を排出できない入り組んだ部屋配置、大量に積まれた可燃物、ろくに点検もされないまま老朽化していたガス配線。何年もの間、いつ大火災に発展してもおかしくない状況だったのだと、深刻な顔をした専門家がコメントしていた。

だが、その頃には、誰もそんな話は聞いていなかった。

事件の概要はこんな感じだ。日時は五年前の六月二十九日、夕刻。現場は陽ノ里《ひのさと》駅近くの四階建てのビル。様々な商店が入っていたそこで、火災が起きた。火元は二階にあった古着屋。出火原因は不明。なぜか火災報知器は働かず、消防署が事態を把握した時には上階のすべてが炎と煙に巻かれていた。

死者は六名。負傷者は十七名。

突然のこの悲劇に、誰もが嘆き悲しんだ。特に遺族は、いきなり大切な者たちを失ったショックで、動けなくなった。膝《ひざ》を折り、立ち上がれずにいた。

その中から、一人の青年が、どうにか立ち上がった。

両親と兄を奪われ、自身も辛い想いを抱えながら、それでもどうにか前を向こうとした。

そして、周りの人々に声をかけた。とても悲しい、とても辛い。それでも自分たちがいつまでも顔を伏せていることを、亡くなった人たちも望まないはずだ。涙を拭《ふ》いて立ち上がろう。そういった内容のことを言った。

とても前向きで、人道的で、まともな発言だった。

それが、大間違いだった。

『こんな時に立ち上がれるなんておかしい』

SNS上で、そう言い出した者がいた。

本当に悲しくて辛い時には、何もできなくてうずくまっているのが当たり前だと。それ以外の行動をとるというのは、死んだ人たちのことを何とも思っていない、薄情さの顕れだと。しかも周りの人にもそれを強いるなど、非常識にもほどがあると。

その主張は、青年自身の言動とは関係ないところで、あっという間に巷間《こうかん》に広がった。

そしてそれを目にした者たちが、さらに想像力を働かせた。

あいつには保険金が入るんだ。

あいつは金に困っていたはずだ。

あいつが火を放ったんじゃないか。

あいつが火を放ったに違いない。

あいつが火を放ったんだ。

犯罪者だ。

死刑だ。

警察は何をしているんだ、人殺しがそこにいるんだぞ――

ただの推測だったはずのつぶやきは、広まり続けるうちに、容易く真実だったことになった。彼の罪を訳知り顔で解説する動画がリツイートされ、シェアされ、リポストされた。後から、その一連の騒ぎを週刊誌が囃《はや》し立てたりもした。

青年の自宅の扉に、スプレーで卑猥《ひわい》な落書きが殴り描きされた。ポストには、毎日脅迫文が投函《とうかん》された。近所の住民たちはおおむね同情的だったが、それでも、日を重ねるにつれて『早く出ていってほしい』という目を青年に向けるようになった。直接石を投げつけられたのも、一度や二度ではない。


それでも。

実のところ、ここまでならば、まだ、耐えられたのだ。

罵倒《ばとう》されようが、石を投げられようが。

嫌がらせとその被害がそこまでに留まっていたならば、江間宗史《えまそうじ》は、折れることなく生きていけたはずなのだ。

◇

意見が割れた。

宗史の主張は、戦争映画だった。友軍に見捨てられ最前線に取り残された小隊が、どうにかこうにか生き延びてゆこうとする。題材が重いにもかかわらずユーモア要素が盛り込まれているだとか、後半の展開にはホロリとくるだとか、劇場公開当時から色々と評判になっていた一作だ。

一方のアルジャーノンの要望は、スパイ映画。昨夜見た映画の続編的な位置づけにあるものだ。膠着《こうちゃく》した戦況を一変させるほどの最新兵器の設計図が、敵国のスパイによって持ち出された。その情報が国外に持ち出される前に、追いついて、取り戻さなければならない。謎ありアクションありロマンスありの、盛りだくさんで派手な一本。

ちなみに、タブレットがあるから二人それぞれ別のものを見ればいいという提案もした。が、これをアルジャーノンが拒絶。二人で一緒に見たいのだと、そして体験を共有したいのだと強く主張し、譲らなかった。

グーを出した。

パーを出された。

「勝ったぞ」

ふふんとアルジャーノンが鼻を鳴らし、そういうことになった。

昨日や一昨日《おととい》とは違い、今日は外出する急用がない。

部屋の中で大人しくしているべき状況で、何をするかという話になった時、まず持ち上がったのは昨日の続きだった。

つまり、ひたすら映画やドラマを鑑賞して過ごすのである。

それ系のサブスクサービスの契約ひとつと、対応するスマートテレビ一台。このふたつが揃《そろ》ってさえいれば、いくらでもそれが叶《かな》う。以前は、同じことをしようとすれば、DVDのレンタルショップまで往復しなければならなかった。

「便利な世の中だよなあ……」

つぶやきながら、ポテトチップの袋を開く。

昨夜よりもいくらか表情豊かになったアルジャーノンが、浮かれたように、ソファの隣に座る。「早く」と急かしてくる。

「へいへい」

リモコンを操作。今日の映画が流れ出す。

頬杖《ほおづえ》をついて、ぼんやりと眺める。案の定、あまり楽しめない。

決して、映画としてつまらないわけではないのだ。脚本にも、演出にも、俳優の演技にも、不満はない。というか、そういったところに細かい注文をつけられるほど、宗史は映画というものに詳しくない。

そういった要素とはまるで違うところで、宗史はそれを楽しみ切れない。盛り上がるはずのシーンで真顔になってしまったり、緊迫するはずのシーンで苦笑めいたものを浮かべてしまうのだ。

「どうして？」

ダイレクトに尋ねられた。

「僕自身、たまにスパイ行為もやる民間人だからね」

ポテチの一枚をつまみながら、宗史は答える。

「フィクションの裏表が見えるってのは良し悪しでさ、より楽しめる場合とそうでない場合がある。僕の場合、あまり楽しめない」

「そうなのか」

「そうなんだ」

画面の中、主人公の凄腕《すごうで》スパイが、敵の基地に侵入する。見張りとカメラの死角を縫って、奥の部屋に隠された機密書類を狙う。

「これくらいなら、僕でもギリギリできる。で、一度そう思っちゃうと素直に面白がれないんだよ。スリルは、自分でやった時のほうが断然あるし。リアリティとか細かいとこも気になり始めるしさ」

特に今のシーンに関しては、似たようなことをつい先日やったばかりである。あの時には炎に追われるというオプションもついていた。

「どうせフィクションを見るなら、自分とは全部違う、他人の人生を楽しみたいよ」

「なるほど」

アルジャーノンが、少し首をかしげる。

「つまり、私がこの映画を観れば、少しそーじの人生がわかるということ、か」

「それはどうかなあ――」

銃撃戦が始まった。主人公がビルからビルへと飛び移りながら拳銃《けんじゅう》を連射。追っ手を次々と薙《な》ぎ倒《たお》していく。

「これは？」

「これって？」

「そーじは、銃撃戦を、ギリギリできるか？」

「いや、さすがに無理だね。撃つのも撃たれるのも、こりごりだ」

「やったことは、あるのか」

「巻き込まれた。二度はごめんだね」

（２）

さて、本日の門崎《かどさき》外科病院である。

客が来ない。

まっとうな客なら、表通りにある、まっとうな病院へ真っ先に行くだろう。そちらに行くことができない事情を抱えた客だけが、こちらに来る。だから、閑古鳥が鳴いていること自体はまったく珍しくない。

昨日一昨日と患者を連れて駆け込んできた江間宗史も、今日はお休みらしい。とても喜ばしいことだ、何も困ったことが起きていないということなのだから。

「お客さん、こないねえ」

診察室のベッドの上、暇を持て余した伊桜《いお》が、携帯ゲーム機を手にごろごろしている。この部屋が一番クーラーが利いているのだ。

「だらしないね。部屋から出ろとは言わないが、もうちっと、しゃんとしなさい」

「いいのいいのー。今夏のトレンドは軟体系女子なんだよ、ぐにゃぐにゃしてるくらいがいい感じなのー」

手足をばたばたさせる。

「どこの世界のトレンドだい、そりゃ」

「無限の世界線のどこかには、きっとあるはず、そういう場所が」

「ならば、そこに辿《たど》りついてからぐにゃぐにゃするんだね。この世界線の今日のトレンドは、シャッキリ系ナイスレディだよ」

「ナイスレディって言い方に年を感じる」

「年なもんでね」

むー、と不機嫌そうに唸《うな》りつつも、伊桜は起き上がる。

ゲームを閉じて、ふと、祖母のデスクに目をやる。暇なのは自分とご同様のはずなのに、先ほどからマウスをかちかちさせて、何かのファイルを読んでいる。

「なに見てるの？」

「これかい？　ふふん、どこぞの研究所の機密書類さね。これを読んでしまったら漏れなく凶賊どもに命を狙われるという、いわくつきの――」

「ああ、ノンちゃんの研究資料」

「――ちったぁ怖がらんかい、脅す甲斐《かい》がない」

「そういうのが怖かったら、おばあちゃんちでバイトなんてしてないし」

「それもそうか」

かちかちと、ファイルをめくる。

「面白そうなこと、書いてあった？　カエルをよく食べますとか」

「いや。そもそも研究自体がずいぶんと行き詰まってたみたいだね、有益そうな情報は昨日までに読み取ったもので打ち止めだよ。……なんでカエルなんだい？」

「そういうのだったら可愛いかなって」

「その感性、わからないねえ……」

溜息《ためいき》交じりに、老女医はファイルを閉じる。

念のために、隠し暗号《ステガノ》なども疑いつつ、すべてのデータを精査してみた。結果は、笑えるほどの真っ白。これらのファイルは、情報戦をまるで想定されずに、ただメモリに突っ込まれただけの実験データだ。

そして平文で書かれたその中身も、研究の大雑把な内容がわかる程度のものであり、詳細はまるで見えない。仮にこのデータをもとに研究を再開してくれなどと言ったら、その場でグーで殴られる、そういうレベルだ。

もし、この機密を読んだから死ねなどと言われたなら、だったらもう少しそれっぽい機密を用意してくれと胸を張って言い返せる。そのくらいには、お粗末なお宝だ。

カエルの話はさておき、本当に、あの子——アルジャーノン——の個体情報を探る手掛かりくらいにしか、なりそうにない。

「人のようにふるまう、人ではないもの、か」

「んー？」

「いやさ、よく考えてみれば、実に理想的な中国語の部屋《チャイニーズルーム》じゃないかとね」

「中国語？　喋れるの、ノンちゃんが？」

「いや。チューリングテストのたとえ話だよ。人間が、人間以外のものの、人間らしさを評価するためにやる実験さ」

小部屋の中に、中国語がまったく読めない英国人が閉じ込められている。彼の手元には、一冊の分厚いマニュアルがある。この小屋に、謎の模様の描かれた紙切れが差し込まれる。英国人はマニュアルからその模様を探し、そこで指示された対応する模様を別の紙に描いて、部屋の外へと返す。この作業が繰り返される。

この英国人には意味不明の模様にしか見えないそれが、実は中国語の文章だった。部屋に放り込まれるのは中国語の質問文で、マニュアルで示された模様――それは部屋から排出される紙の文面でもある――が、それに対する回答だった。この時、外にいる人間には、「この部屋の中の人間は中国語を理解している」ように見えるだろう……と。これが、古典的な思考実験である中国語の部屋《チャイニーズルーム》の概要だ。

「つまり？」

「『人間らしい思考』と『そのふりをしているだけの何か』は簡単には見分けられないねえって話さ」

反論も多いし、コンピューターが発展した今となっては、あまり気の利いたたとえ話でもなくなった。しかしそれでも、「意識とは何か」などを考えるうえでは、代表的な思考実験であり続けている、と。そんなことを、老女医は語る。

「よくわかんないけど」

伊桜は首をひねる。

「ノンちゃんは実は人間だ、って話？」

「人間っぽく考えているようには見えるだろう。それ自体が嘘か本当か、という話だね。世の中には、鳴き声を真似て獲物をおびき寄せる動物もいる。あれは、人間相手に同じことをする生き物かもしれない。こういう音を出したらこういう反応が返ってくる、そういうデータを積み重ねて、ああいう言動をしているだけかもしれない」

難しいことというなあ。そう小さくぼやいた後に、伊桜は表情を明るくして、

「思い出した、それ読んだことある。哲学的《フィロソフィカル》ゾンビってやつでしょ、人間と完全におんなじ見た目と考え方をするゾンビがいたら、もう見分けがつかないじゃないかーって」

「ほう？　授業でライプニッツでもやったのかい」

「あ、うん、そうそう、そんな感じ」

「……なんかの漫画にでも出てきたのかい」

「えへへぇ」

伊桜は目を背ける。

「んじゃ、聞いてみるかね。そのゾンビの話を聞いて、伊桜はどう思った？」

「どうって……え、あんま面白くないなあって」

その返答の意味を測りかね、老女医は眉《まゆ》を寄せる。

「だって、漫画のオリジナル設定だと思ってたし。人間は特別だぞって話をするために、でっちあげたのかなって」

「ああ、なるほど？」

「その子を人間として扱ったら、人間として振る舞ってくれるんでしょ。誰にも見分けがつかないくらいに。で、本人もそれでダマして何かしようってわけでもない。だったら人間扱いでいいじゃない、何の問題があるのって思った」

だいたいさぁ、と繋《つな》ぎつつ伊桜はベッドの上に座り込む。

「ノンちゃん、かわいいじゃない。体は大人だけど、なんていうか、ちっちゃな子犬みたいで。人間じゃないかもしんないけど、私は好きだよあの子」

「そうか」

好きだよ、の一言を聞いて、老女医は薄く微笑む。

「あ、もしかして、江間さんは違うの？　人間か人間じゃないか、気にしてキツくあたっちゃうタイプとか？　そういう話？」

「まさか」

ははっ、と鼻先で笑う。

「本当にそうだったら、いくらか話は早かっただろうけどね。でも、そうじゃない。なのに、あの小僧自身はそう思い込んでいる。だからこれは、少なくとも今のところは、微笑ましい茶番なのさ」

「……よくわかんないけど、つまり、いい人なわけ？」

「そういうこと。さて、ヒマしてんなら冷蔵庫から麦茶とってきておくれ、そろそろ冷えてるだろうからね」

「はーい」

伊桜が診察室を出ていく、その背を横目で見送りつつ、老女医はモニタの上の書類に目を戻す。

視線の先のレポートには、二百四十四という数字。

十日と四時間。それが、鼠《ラット》の体から〝コル＝ウアダエ〟が排出されるまでにかかった時間。言い換えれば、〝コル＝ウアダエ〟が鼠《ラット》の体に留まることのできる限界だった。

今のところは、確かに、微笑ましい茶番だ。

そして、茶番ではなくなる日も、そう遠からず来るのだろう。

（3）

こいつの趣味《アルジャーノン》がわからん。

頬杖《ほおづえ》をついて、宗史は画面を眺めている。

沙希未の姿をしたそれは、疲れを知らないかのように、とにかく色々な映画やドラマを観たがった。朝から、食事とトイレの時以外はほぼずっとスマートテレビの前に張り付いている。

それはまあいいとする。いやまあ確かにあまり上等とは言い難いが、大学生あたりの余暇（と体力）の使い方としてはそう珍しいものでもない。宗史自身、そんな風にして軽く一週間くらいを潰《つぶ》した思い出がある。

おかしいのは、観たがる作品のチョイスだ。最初のうちはわかりやすいアクションもの、それもシリーズを追いかけるような選択が多かった。それがなぜか途中から、まったく違うジャンルのものを飛び飛びに選ぶようになった。戦場ドラマもの。ホームコメディ。犬猫が飛んだり跳ねたりする話。宇宙開発現場を描いたノンフィクションドラマ。

そして今、画面の中では、きらきらした衣装に身を包んだ幼い少女たちが、悪の侵略者と戦いを繰り広げている——そういうアニメが流れている。

「さきみは、こういうのを観なかった」

「それは聞いたけどさ」

ついでに、前に聞いた時に比べて、こういうのが示す幅が随分と広がっている気もするが。

「ひとつの物語の中に、大勢のひとがいる。液晶画面ひとつを隔てた向こうに、ひとという種が広がっている。これは、とても、すごい」

「そんなものかね」

宗史も、作り話は好きである。しかし、言ってしまえばそれは自己嫌悪の裏返しでしかない。こいつほど壮大な理由はない。なので共感はできない。

スマートフォンが震えた。

「…………ちょっと、話してくる」

「止めておくか？」

「いやいい。たぶん長話になるしな」

「そうか」

寂しげにぽつりと答えるアルジャーノンに背を向け、通話ボタンをタップ。そのまま隣の部屋へ。

◇

『私です。依頼されていた件の調査が終わりました』

そっけない女の声。

猫探しの久保塚といえば、陽ノ里界隈《かいわい》ではちょっと有名な何でも屋である。短時間の子守りからちょっとした機械の修理、そして二つ名の由縁である迷子のペット探しまで、その仕事は多岐に渡る。活動地域の被る犬探しの西中とは犬猿の仲であり、そこは犬と猫じゃないのかよと周囲に残念がられている――

というのが表の顔。

彼女の裏の顔は、浮気《うわき》調査などをメインに行う、興信所稼業。そして、そのまた裏の顔が、いわゆる情報屋である。

『まずは口頭で報告して、まとめたファイルは後送します』

「ああ。頼むよ」

『現在動いている梧桐薫《ごとうかおる》の手下は二十六名、その全員に貴方《あなた》達の手配写真が回っている。しかし彼らの活動は盛り場に集中している。しらみつぶしに市内を探れるほどの人数もいない。駅前や海岸沿いに近づかなければ、直接見つかることはまずないだろう。具体的に危険そうなスポットは、まずハルジオン商店街の――』

現状について、簡単な報告を受ける。

それは概ね、孝太郎《こうたろう》を通して宗史が既に把握している状況と、一致していた。それはつまり、孝太郎の情報の裏がとれたということになる。

「諦《あきら》めそうな気配はない？」

『ありません。かといって長期戦の構えという様子でもないですが』

「攻め気が強い？」

『そうですね。三日目の今日になってもなお、こまめに上からの指示が入っているようです。初日よりもむしろ勢いを増してるかもしれません。現状維持ができそうだからといって、気は抜かないほうが良いかと』

「そうかあ」

嘆息する。

予想していたよりも、ずっと執拗に追われている。つまり向こうには、しつこく自分たちを追い続けるだけの理由がある。

ほとぼりが冷めるまで隠れていよう、というのが今の自分たちの基本スタンスだ。言い換えれば、ほとぼりが冷めてくれないと、いつまでも動けない。敵がいつまでもホットだよというニュースは、あまり喜んで聞けない。

うかつに動くのが下策だということは変わらない。その上で、このままここに閉じこもっていても事態は進展しないらしい。

「そこまでして僕らを詰めようとしてる理由、わかる？」

『いえ。それはさすがに、内側に入り込まなければ見えない類かと』

それもそうか、と思う。

『……それと、これは忠告ですが。梧桐グループの件を抜きにしても、しばらく潜っていたほうがいいでしょう。豪理《ごうり》社とデセラックが、貴方を捜しています』

「へ？」

間の抜けた声を出してしまった。

「なんで？」

『なんでも何も。忘れたんですか、昨年末のお家騒動の時に、密約の記録を根こそぎ持っていった凄腕《すごうで》だからですよ』

そういえば、そんなこともあっただろうか。宗史は思い出す。

あれは厄介な仕事だった。途中で降りたいと何度も思ったが、最後までその機会は訪れず、結局泣きながら最後まで走り抜けるしかなかった。

『始末する気なのか、それともスカウトする気なのかまでは知りませんが』

「いやいや。待って待って。あれは僕の功績じゃないだろ。そもそもチームでやった仕事だし、表に出たのは宇賀《うが》さんとクロ姉妹だけのはずだ」

『そう、彼らに手柄を押し付けて貴方は隠れた、その小細工がバレたんです』

「……まじかあ」

天井を仰ぐ。

生きるために、身につけた技術をちょっと使って働いただけ。そもそも誇れるような内容の仕事でもない。有名になりたいわけでも、腕を認めてほしいわけでもない。この業界、誰もが同じようにジェームズ・ボンドに憧《あこが》れているわけではないのだ。

『それと、もうひとつ』

「まだあるのか」

勘弁してくれというのが正直な気持ちだったが、まさか、それを理由に聞かないわけにもいかない。悪いニュースは、それに備える必要がある限り、いつだって必要な情報そのものだ。先を促す。

『あのクソガキと、まだ付き合いがあるようですが』

丁寧な口調から、何かが滲《にじ》み出《で》そうなほどに苦々しく、汚い言葉が出てくる。

「………それは、まあ、な」

『個人的な忠告です。あれは、あまり信用しないほうがいい』

ああ、そういう話か。

「相変わらず嫌われてるね、あいつは」

『なにを他人事《ひとごと》のように。貴方自身、他の誰より強く、彼に恨みを持つ身でしょう』

「僕は……まあ、いいんだよ。そういう感情、いい加減に疲れた」

『寛容を気取っているのかもしれませんが、必要な警戒を怠るのはただの怠惰です』

手厳しいな、と笑う。

「大丈夫だって。大体、こうして君という情報屋にも頼ってるじゃないか。彼の言うことを全面的に信じてるわけじゃない、ってならない？」

『なりませんが、まあ、それは構いません。忠告はしました。あとはどういう破滅を迎えようと、貴方の自由です』

「はは……」

『ああ、それと。最後に、もうひとつだけ』

まだ何かあるの、と尋ねた宗史に、情報屋は低く真面目な声で、

『お幸せに』

「思うんだけど君の手元の情報には致命的なバグが入り込んでないかな⁉」

抗議の声を半分も聞かずに、通話は切れた。

宗史は頭を抱える。

◇

グラスが割れた。

少量の麦茶と、溶けかけの氷と、ガラスの破片。

少し遅れて、一筋の血が、テーブルの上へと落ちる。

「あ……」

アルジャーノンが、呆然《ぼうぜん》とその場に立ち尽くしている。

ちょうどそのタイミングで、宗史は戻ってきた。たったいま終わらせてきたばかりの情報屋とのやり取りが、頭から吹き飛んだ。

「おまっ⁉」

駆け寄る。傷を確かめる。

左の手のひらを斜めに横切るようにして、ぱっくりと長い傷が開いている。それほど深いようには見えないが、驚くほどの血があふれ出している。

「呆《ぼう》っとしてるんじゃない、手当だ、手当！」

耳の近くで叱りつけるが、反応は薄い。アルジャーノンの視線は、自分の傷とそこからあふれ出す血に、ぼんやりと注がれている。

仕方がないので、腕を掴《つか》んで強引にキッチンへと連れ込んだ。冷水で傷を洗い、異物が入り込んでいないのを確認。続いて止血。しかし、これがなかなかうまくいかない。腕が白くなるほど圧迫し、何分もかけて四苦八苦し、そしてようやく治療が済んだ。

「……おお」

包帯でぐるぐる巻きになった自分の左手を見て、アルジャーノンが発した第一声がそれだった。

「お前な。もっと自分を大事にしろ……」

何かが違うなと気づき言い直す、

「その体を大事にしろ。お前のものじゃないんだぞ」

「あ……ああ」

まだ半ば夢の中にいるような声で、アルジャーノンは頷《うなず》いた。

「ったく。急にどうしたんだよ、一体」

見ていたアニメの中に、驚くシーンでもあったのだろうか。そう思って画面を見る。のんびりとした老夫婦が、並んで縁側で茶を飲んでいる。どうやら違うようだ。

「いや……何があったというわけでもないんだ。少し、うっかりしていた」

「気をつけろよ?」

「あ、あ……」

少し震える声でそう言って、アルジャーノンはまた頷く。

テーブルの上には、止血に使われた、血に汚れたタオルが積んである。

アルジャーノンの視線は、まっすぐにその汚れに、つまり自分が流したばかりの血に注がれている。

そのことに、宗史は気づかない。

（4）

看板には、流麗なデザイン文字で『サマーフレーバー・ブルワリー』と書かれている。

表向きには、このビルひとつがまるごと、クラフトビールを主に扱うバーだということになっている。開業後しばらくは、実際に店舗を開いていた。しかし、流行病《はやりやまい》対策として飲食店に自粛が迫られた数年前に、無期限休業を宣言した。それから一度も営業を再開していない。

そもそも、店として営業し客を受け入れる必要が、あまりない。自分たちのたまり場として、非合法の活動の拠点として、使える場所であってくれればそれでいい。この店の持ち主は、そう考えている。

「面白くねえな」

梧桐は木製チェアの背もたれに体重を預けた。

「なんでまだ、見つけられてない？」

「先手をとられたのが痛いですね」

スマートフォンのゲーム画面から顔を上げず、小男が答える。

「こっちが追っ手を放つより先に、二人そろって身を隠された。一度くらい家に戻って準備をしたいところだろうに、その痕跡《こんせき》すらなし。着の身着のままで姿を消してる。当然のように、警察に頼る気配もない。並のやつにできる芸当じゃないです」

「なんで、そんなことができた？」

「偏執レベルで慎重だったか、あるいは、こちらのことに気づいていたか」

「こちら？」

「梧桐さんのデストロイ趣味と、ミナゴロシ主義。知ってるやつなら、すぐさま消える選択をしたとて不思議じゃないです」

「あー？　あー……」

梧桐は天井を仰ぐ。

「そういうやつか。有名人はつれえなあ」

「トップの趣味に振り回される現場はもっと辛いですけどね。どうします？」

「どうって」

「そろそろ切り上げちゃう選択肢も、なくはないですよ。クライアントは、逃げた虫まで潰《つぶ》せとまでは言ってないんでしょう？」

「そりゃあ、そうだがよ」

壁に目を向ける。

本来は限定メニューなどを掲示するためのものなのだろうコルクボードに、印刷された二枚の写真が貼り付けてある。一組の若い男女。それぞれに名前も書かれている。江間宗史と真倉《さなくら》沙希未。

燃える実験室から逃走したと思しき、二名の生存者。

映像や証言から、二人の身元は特定した。すぐに手配をかけた。手下を使い住居を偵察し、立ち寄りそうな場所を確認し、それらすべてが空振りに終わった。

「アレできねえか、ほら、街中の監視カメラをハッキングして捜すやつ」

「ないですよそんなカメラ。芳賀峰市にそんな予算はありません」

「え、ねえの、ここ？　そんなんで、治安とか大丈夫なわけ？」

「どの口で言いやがるんですかね」

小男はゲーム画面から顔を上げる。

梧桐の手下の大半は、ろくに訓練も受けていない、半グレ未満の素人《しろうと》だ。覚悟もろくに決まっていない。だからこそ逆に、まともなプロならやらないようなバカなことにも、軽い気持ちで手を染める。常識的に考えればありえないようなことをやる、その危なっかしさが、梧桐のグループの最大の強みだ。

しかしそのぶん、当然ながら、練度の高い働きは期待できない。本気で警戒するプロを敵にしている以上、これは致命的だ。数の優位など、大して役に立たない。

「あれから時間も経ってる。たぶん市外に逃げられてますし、そうなるとマジで見つける手段が残ってないですよ」

「そりゃあまあ、そうだろうなあ……」

梧桐は椅子から立ち上がる。

ダーツボードから矢を一本引き抜き、投げる。『江間宗史』の写真の額を貫く。

「……結局、この男は、何なんだ？」

「何、とは」

「何であそこにいた。何で俺を知っていた。何でこの小娘を連れて逃げた。目的は何で、どういう利益のためにそういう行動を選んだ」

「別に、面白い話は出てきませんよ。江間宗史、無所属の産業工作屋、あんまり大きな仕事はしてないけど細かい実績は数多《かずおお》い。というか名を売るリスクを考えて、大きな業績は隠してるのかな。性格は、ただの善人です」

「は？」

「だから、善人です。ほら、よくいるでしょ、手近な誰かが傷つけられるのが許せないーって、我が身を顧みずに庇《かば》いに入るやつ。そんで、大抵はすぐに力尽きていなくなる」

「いなくなってねえじゃねえか」

「そうですね。こいつは『大抵』に入れなかった。不幸にも、生き延びちゃったパターンです。そもそも工作屋の道に入ったのもソレですね。五年前のビル火災事件、覚えてます？　あれの被害者たちのために走り回っていたら、なぜか犯人扱いされて表の世界で生きていけなくなって、それで裏街道に落ちぶれたみたいです」

「……あー、五年前！　あんときのあのガキか！　いたいた、こんなやつ！」

得心した、とばかりに梧桐は手を打ち鳴らす。

「いや可哀そうだったよな、あれは！　善意で動いてただけの真面目な大学生が、なんでか世間から滅多打ちでさあ、俺週刊誌で特集読んで泣きそうになったもん」

「真犯人にだけは言われたくないでしょうね、彼も」

「それで俺を知ってたのか。なるほど、縁だねえ」

「喜んでる場合じゃないですよ」

「喜んでんじゃねえよ、面白がってんだ。良縁も悪縁も等しく大切にするもんだぜ、この業界ではよ」

「また、それっぽいだけのことを言う」

小男はチェアを回して、デスクのＰＣに向き直る。

梧桐薫は、もとをたどれば、ただの不良少年グループのボスだった。

そして実のところ、今もそれほど変わっていない。

確かに手下の人数は増えたし、振るえる暴力やそれを隠す小細工も幅が広がったし、それらを支える資金もあるし、さらにそれを支えるコネクションも太くなった。

が、根っこは同じままなのだ。

気にいらないものに噛《か》みついて、楽しそうなことに飛びついて、うまくいかないことにイライラして、何かが壊れるたびに手を叩《たた》いて囃《はや》し立てて。そういった子供の日々の延長線上に、梧桐と、彼についてきた全員が生きている。

「追跡の状況報告はそんな感じです。で、梧桐さんのほうはどうなってます？　交渉、進んだんでしょう？」

「あー……ちょいと面白いことになりそうなんだが……どうしたもんかな」

「今さら、悩むようなこと、あるんです？　研究棟は燃えた、研究継続は不可能、それで終わりでは？」

「現場の映像を見て、向こうさんの研究者が、おかしなことを言い出したんだとよ。このお嬢ちゃんの体に――」

ダーツが、『真倉沙希未』の写真に突き立てられる。

「――燃え残った実験サンプルが入り込んだ可能性がある、とか」

「ええ……」

小男は心底嫌そうな声を出す。

「それ、本気で逃がしちゃまずかったやつじゃないですか。どうするんです、適当な死体をでっちあげて、ごまかします？」

「なあに、捕まえりゃいいだけのことだ。俺のカンだが、この善人くんは、そう遠くまでは行ってない。打てる手はあるさ」

「いや、どこから出てくるんですかその自信」

「それにどうやら、話がもうちょい広がりそうな気配があってな――」


突然、ピアノ曲が鳴り響く。

ベートーヴェン、ピアノ・ソナタ第23番へ短調。

音源は、梧桐の胸ポケットの中だった。

「――おっと」

着信を訴えるスマートフォンを取り出し、画面を確認。そこで梧桐は、唇を大きく曲げて笑みを作る。

「噂をすればなんとやら、だ」

その画面を、小男に見せる。

「……なんでその人から、梧桐さんに直接連絡が？」

「な？　面白いことになりそうだろ？」

機嫌よく、梧桐は部屋を出ていく。

その背を見送って、小男はＰＣに向き直る。たった今見た名前について、調べてあったデータを呼び出す。

ノーマン・ゴールドバーグ。

製薬会社エピゾン・ユニバーサル社の、営業部門の第二主任。

自分たちの現在の雇い主、谷津野技研の専務派が業務提携しようとしている相手。提携の条件を少しでも良いものにしようという意図から、あの研究棟は燃やされた。つまり、状況の関係者ではあるが、自分たちと直接繋《つな》がりを持つ人物ではないはずだ。

その彼が、どうして梧桐に連絡を入れるのか。そして、どうして梧桐は上機嫌でそれを受けたのか。

考えられる可能性は、ひとつ。

「えー……」

小男はうめく。

「まさか、勝ち筋も見えてないのに、ここから賭け金《ベット》を吊り上《つ あ》げる気なのか……うちのボスは……」

（5）

結局、昨日に引き続き、まる一日を画面の前で費やしてしまった。

◇

電気の消えた部屋。
暗闇の中、宗史はソファに横たわっている。
胸の奥でちりつく焦りが、宗史を眠らせない。
梧桐のことを考えている。
あれだけ派手な仕事をしていながら、梧桐自身は、決して有名人ではない。
恐ろしい話ではあるが、破壊工作を得意とするチーム自体は、世間にそこそこ数多くある。その中で梧桐は、中規模の事故を装った施設破壊を専門とするチームとして売り出している。

　宗史にとってはもちろん、家族を奪った、直接の仇《かたき》だ。

　五年間、何度となく、復讐《ふくしゅう》を考えた。チームの全容は巧妙に隠されているが、今の宗史ならばそのヴェールを強引に剝《は》ぐこともできるだろうと。梧桐本人も常に自衛しているだろうが、後先を考えなければ、力任せに迫ることも不可能ではない。

　何度となく考えて、そして、そのたびに諦《あきら》めた。

　都合のいい妄想に逃げるなと。映画の主人公じゃないんだ、そんな無茶ができるはずがないだろうと、自分に言い聞かせた。

　たぶん自分は薄情なのだろう、と宗史は思う。

　梧桐を恨んでいる。憎んでいる。そのはずだ。なのにどうしても、その感情を吐き出す気にならない。

　感情が動かないと、理性が働いてしまう。そもそも梧桐個人に感情を向けることが間違っていると気づいてしまう。ビルを焼かせた依頼者がいるはずだ。依頼者にそう判断をさせた背景があるはずだ。梧桐以外にも、その手足となって動いたメンバーがいたはずだ。梧桐だけを代表者として罰を叩きつけるのか。それとも、それら全員に罪を問うのか。いや、おそらく法は彼らほとんどを罪人だと認めないだろう。ならばどうする。感情のままに、気分のままに、自分勝手に断罪するのか。

そして、いつもの結論に至るのだ。

(関わるべきじゃ、ない――)

もちろん、赦したわけでは、決してない。

ただ、あれは災害なのだと。悪意あるものではなく、ただ運の悪い者に降り注いだだけの落雷のようなものだと、割り切ってきた。

なのに、

「関わっちゃったんだよ、なあ……」

狭いソファの上で、寝がえりを打つ。

五年目にして、状況は大きく動いた。文字通りの意味で、火事場に飛び込んでしまった。目をつけられて、追われる立場になった。

「……どうしたもんかな」

動くな、と忠告されている。自分でもそうしたほうがいいと思う。

けれど、こうも思うのだ。

いつまでもこうしていても、事態が好転するとは限らないのだ。ならば、余裕があるうちに、こちらから動いてしまったほうがいい。梧桐に近づき、情報を探り、それからなんらかの手を打つのだ。何も直接衝突をする必要はない。

むしろ、そうしなければ、いつまでこの生活を続けることになるかもわからない。

「………」

一瞬。

それでもいいか、という思いが脳裏をかすめた。

(いや、それは違うだろう)

首を振り、振り払う。

自分は情に縋《すが》って生きているのだと、アルジャーノンは言っていた。沙希未ちゃんの顔を使って、沙希未ちゃんの使わない表情を使って、訴えてきた。その狙いに、乗ってしまいそうになっている。

拒むべきなのに。

拒まなければならないのに。

「ああ――」

余計な煩悶《はんもん》を抱えてしまったせいだろうか、先ほどまでにも増して、眠れない。

蝶番《ちょうつがい》の軋《きし》む音。

背後、扉が開いた。

（……トイレか？）

そう思った。寝たふりをして、やり過ごそうとした。

しかしどうやら、様子がおかしい。気配が、かすかな衣擦れの音とともに、ソファのほうへと――つまりこちらへと、近づいてくる。

「どうした」

尋ねた。返事はない。

無言のまま、歩は進む。すぐ傍らに、立たれる。

「だめか？」

ぽつりと、呟《つぶや》くような小声で、尋ねられた。

「何の話だ」

目を閉じ、背を向けたままで、尋ね返した。

「ここで、寝たい。そーじの隣で」

「昨日言っただろう。絶対にダメだ」

小さな水音が、かすかに聞こえた。金魚鉢の中で、魚が跳ねたか。

「道徳と常識と世間と法律と僕が許さない。一人で寝ろ」

「それは、私を、女性として見ているということか？」

ぐ。

一瞬、言葉に詰まった。というより、思考が止まった。

「――お前を、じゃない。沙希未ちゃんを、だ」

そして、これまでに何度も繰り返してきた言葉に、逃げる。

これは、決して嘘ではない。嘘ではないから、暴かれることもない。真倉沙希未の体を大事にしている、その事実だけで、別の事実を覆い隠せる。

「ほら、くだらないことを言ってないで、とっとと部屋に戻れ」

「ひとは」

ぽつぽつと、語る。

「愛情で、強くなるのだろう？」

いきなり何を言い出すのだ、こいつは。

「ああ、そういうやつもいるだろうな」

真意を摑《つか》みかねて、適当な言葉を返す。

「愛情を確かめ合えば、その強さも、確固たるものになるのだろう？」

「ああ、そういうこともあるかもな」

何を言っているんだこいつは、と思っていた。

理解できずにいた。いや、理解を拒んでいた。

この状況から、目の前の娘が何を言っているのかから、目を逸らしていた。意識から遠ざけていた。

だから、どうしようもなく、反応が遅れた。

ぐい、と。思いのほか強い力で肩を摑まれ、強引に向きを変えられた。仰向けになって、目を開く。闇に慣れた目に天井が映る、しかしそれも一瞬だけのことで、

「――――――っ!?」

唇に。

熱く、柔らかいものが。

衝突するように、押し当てられて。

「――――」

アルジャーノンが何をしているのか。自分が何をされているのか。ほんの少しでも考えられれば、すぐに結論が出ていたはずなのに。

この期に及んで、頭は理解を拒み続けた。

だから、抵抗ができなかった。

どれだけの時間が経ったのか。ゆっくりと、その熱が、宗史の唇を離れた。

すぐ目の前に、アルジャーノンの顔がある。とても近い。それこそ、睦《むつ》み合う恋人たちが、今にも唇を重ねようとしているかのような、

(――ッ!!)

ようやく、理性が仕事を再開した。ほんの数秒ほど前まで、自分たちが何をしていたのかを、正確に理解した。

そして、

――そーちゃん先輩！

耳の奥に、ここにいない誰かの声が蘇《よみがえ》った。

胃が裏返ったかと思えるほどの強烈な吐気がこみあげてきた。

――大好きだよ、先輩。

忘れていたのに。

忘れられていたのに。

ようやく、思い出さずにいられるようになったのに。

「そーじ」

囁《ささや》き声に、名を呼ばれた。

「……どういう、つもり、だ」

吐気を堪えながら、かろうじて返した声は、かすれていた。

「誘惑を、している、つもりだ」

ぎしりと、ソファのスプリングが、小さく軋んだ。

「ひとは、こうやって、こころを繋《つな》ぐのだろう？」

ソファに両腕をついて、覆いかぶさってくる。

「ともに困難を乗り越えられる、絆《きずな》？　というものが育めるのだろう？　私はどうしても、それが欲しい」

ああ――

絶望的な気分になった。

ひとのこころが繋がる手段など、他にもいろいろとあるだろう。愛を注ぐだの注がれるだのも、いろいろな証しの形があるだろう。そんなことは、人間として生きてきた者ならば、誰だって理解できているはずの常識だ。

なのに、こいつは。

生後数日でしかない、生まれたての人格は。

人として過ごす時間を知らず、作り話の中のそれだけを見てきた。だから、映画やドラマの中に見たそれ以外の方法を、本当に知らないのかと。

「どけ」

アルジャーノンの動きが、止まった。

「そーじ……？」

「離れろ」

強く、命じる。

明らかに戸惑いながら、アルジャーノンは、その言葉に従う。

宗史は上半身を起こし、軽く首を振った。胸を強く圧迫して、耐えがたい吐気をどうにか堪える。

「あ……」

闇の中に見えるアルジャーノンの目に、驚愕《きょうがく》と、恐怖の色があった。

宗史自身は、自分の表情を見ることができない。だから、いったい何が彼女にそんな顔をさせているのかはわからない。そして、あまり興味もない。

「そー……」

「その口を閉じろ、化け物」

強い言葉で、突き放した。

「お前は、ただの害獣だ」

立ち上がる。

もともと宗史には寝間着を使う習慣はない。壁にかけてあった上着を羽織る、それだけで外出の準備が整う。

「どこ……へ……」

床の上に、ぺたりと腰を落としたアルジャーノンが、細い声で聞いてくる。

「お前のいないところだ」

それだけを言い残し、部屋を出た。

◇

夏の夜の暑気が、宗史の身を包む。

梧桐のことを考える。今は動くべきではないのだという道理のことを思い出す。今日のような日々を繰り返し、機を待つべきなのだと。

それでもいいかもしれないと、先ほどまでは思っていた。

それは無理なのだと、今は気づいている。

「……始める、か」

星空に向かってそう宣言し、宗史は早足で歩き出す。

五日目：

day:5

別れの言葉が間に合うというのは、
ただそれだけで、幸せなことだったのだと。

それぞれの長い一日

（1）

五年前、あの火災事件の後の話だ。

江間宗史《えまそうじ》は、家族を失った悲しみから立ち上がろうとした。

その姿を、多くの無関係な者たちが咎《とが》めた。

誰かを咎める誰かの姿を見て、さらにその外側の無関係な誰かが、沸きあがった。悪を咎める行動に良識はいらない。遠慮も躊躇《ちゅうちょ》もなく、罵声《ばせい》や石を投げつけてきた。

それは確かに、辛い日々だった。

しかし宗史は、それに耐えた。

そんな宗史を、周囲にいる親しい人間たちは、守ろうとしてくれた。友人たちが、恋人が、傍にいてくれた。庇《かば》ってくれた。一緒に批難を浴びてくれた。止むことなく叩《たた》きつけられる攻撃に、共に耐えてくれた。そして、

……そうだ。ここで宗史はまた、間違えたのだ。

確かに宗史は耐えられた。しかしそれは、誰でも同じように耐え続けられるということではなかったのだ。

罵声を浴び、石を投げつけられ、その日々の中で、友人たちは消耗していった。特に恋人は、目に見えて衰えていった。骨が浮くほどにやせ細り、誰の目にもそうとわかるほど限界が近かった。宗史の目には、彼女には死が迫っているようにすら見えていた。

別れよう、と見かねた宗史が言い出して。

『私は、そーちゃん先輩みたく、正義の味方になりたいわけじゃないけど』

しかし彼女は聞かなかった。

『そーちゃん先輩がそこで頑張ってるうちはさ。先輩の味方を、絶対にやめない』

そう言い張って、譲らなかった。

見限ってくれれば、よかったのに。

あるいは、裏切ってくれれば、それでもよかったのに。

信頼が、親愛が、宗史とこの娘を結んだまま、切り離してくれなかった。

ならば、と。あの時の宗史は決めた。

彼女たちが命綱を離してくれないならば、自分からそれを断ち切ろうと。

谷底には、自分一人で落ちようと。

彼女に責任を押し付ける気はない。

幾重にも重ねられた失敗は、すべて自分の咎だ。

そのうえで。こんな思いは、もう二度としたくないと、当時の宗史は強く願った。だから、すべてを捨てた。江間宗史として培ってきた二十一年間をかなぐり捨てて、それからの人生を、独りで生きていくことを選んだ。

誰かに大切にされることも。誰かを大切に思うことも、もうしない。呪いにも似た決意を、自分自身に刻んで。そうやって生きていくことを決めた。

それが五年前、あの火災事件の後の話の、顚末《てんまつ》だ。

◇

芳賀峰市の海岸沿いには、様々な観光スポットが並んでいる。

ガイドブックによれば、それらを巡るのは、若者向けの定番デートコースである。目に眩《まぶ》しい純白のウォーキングコース。潮風の香るレストラン通り。それらを抜けた先には、落ちついた雰囲気の、岬の噴水公園。

悲しい現実としては、この定番デートコース、観光客にはあまり好評ではない。なんというか、地味なのだ。わざわざ芳賀峰に足を運んでまで二人で巡りたいかと聞かれれば、その金と時間で他所《よそ》に行きますとなる。それはそうだ。

そして、喜んでいいものか悩ましい別の現実としては、この定番デートコース、地元の若者たちにはそれなりに便利に使われている。気軽に行けてそこそこ雰囲気が良く、しかも遠出に比べて金がかからない。素晴らしい。

だから、五年前には、自分たちもよく、ここに来ていた。

だから、この五年の間、自分は一度も、ここに近づかなかった。

江間宗史は、朝日に照らされた海沿いのウォーキングコースを、独りで歩いている。

蟬の声がうるさい。

芳賀峰市は海沿いの街だ。緩やかな丘陵を背にしていることもあり、市内のほとんどの場所から、青い海が見下ろせる。海が見えるその街に身を置いて、それでもずっと、海から距離をとっていた。

ここには、とにかく山のような思い出が積もっている。

それは眩しく輝いていて、そして、失われた日々の思い出だ。

失われたものは、二度と取り戻せない。忘れてしまうのが一番で、それができないとしても、せめて距離をおくべきだ。そう理解していたから、近づかないようにしていた。

その判断は正しかったと、実際にこの場所に立って、思う。強烈な潮の匂い。穏やかな波の音。ぎらぎらと朝日に輝く水面。彼方《かなた》を飛ぶ、名も知らない鳥の群れ。視線を引き戻せば、敷き詰められた白い石畳に、遊泳禁止のおんぼろ標識に金属柵《さく》、この先にレストランありますの看板と、その上に重ね貼られたファストフード店のチラシ。ちょっと遠くまで目をやれば、ウォーキングロードの出口にかかるアーチと、その上に掲げられた『明るい街づくり』のキャッチフレーズ。

早朝という時間のせいで、人の姿は少ない。いるのは、ジョギングに精を出す者と、犬の散歩をしている近所の住民くらいのものだ。

ここにいるのは、苦しい。

あまりに何もかもが昔の通りに見えるから。変わってしまったのは自分だけだと突きつけられるから。喪失の事実を改めて突きつけられるから。どうにも胸が重くなる。

「…………」

ありがたい、と思う。

宗史がいまここにいる理由は、大きく分けて二つある。

そのうちひとつが、それだ。まさに、この苦しみを思い出したかったのだ。

昨夜の自分は、アルジャーノンを拒絶した。人の言う「愛」とやらに憧《あこが》れ、それに触れたい、自分でも手に入れたいと望むあいつを、正面からただ否定した。強引に、暴力的とも言えるやり方で。

もちろん、他にやりようはあったのだろうと思う。いっときの感情を冷静に否定し、言葉で諭すこともできただろうと。理屈で言えば、そうするべきだったのだろうと。

同時に、それはまったく現実的ではない話だとも思う。

昨夜の自分は、あの時点で既に半ば近く、アルジャーノンを受け入れてしまっていたのだから。

そもそも人間ではないだとか。その肉体は沙希未《さきみ》のものなのだとか。そういったもろもろのことを念頭においたうえで、アルジャーノンという個人に対して、好意を抱きかけていた。

ひとを模すことで生まれて、ひとに憧れ、ひとを学び続け、そして……ひとのようになりたいと願った。そんな健気な化け物の想いに、報われてほしいなどと考えてしまった。

こいつのために、何かをしてやりたいなどと、思いかけてしまった。

「……糞《くそ》ッ」

願うな、と自分に命じる。

望むな、と自分を制する。

この場所で、思い出に苛《さいな》まれる痛みが、その自制を手助けしてくれる。

自分は、誰かを助けたいとか、支えたいとか、そんなことを考えてはいけない。それは結局、痛みしか生まない。それを抱えるのが自分一人であれば、どうとでも耐えられる。

けれど、耐えられない者にまで同じことを強いるのは、絶対に間違っていると。

そう自分に言い聞かせるために、この場所に満ちる棘《とげ》だらけの思い出に、より深く浸る。

懐かしい道を歩いて、懐かしい自販機でコーヒーを買って、懐かしいベンチに腰を下ろす。プルタブを起こして一口を喉《のど》に流し込もうとしたところで、

「あれ？」

背後。

妙なものを見つけたぞという風な、女性の声が聞こえた。

──嘘だろ、
唇をひきつらせながら、ゆっくりと振り返る。

黒い中型犬を連れた女性がひとり、すぐそこに立っている。

「……そー、ちゃん？」

信じられない、という顔で、その女性は目を見開いた。

懐かしい声と、懐かしい顔だった。あれから五年が経って、多少印象は変わっているけれど、聞き間違えることも見間違えることもない。

五年前のあの事件が起きるまで、江間宗史は、ごく平凡な大学生だった。両親がいて、兄がいて、友人たちがいて、そしてひとつ年下の恋人がいた。今はもう失われてしまった時間の中に、それでも確かに、そういう人たちがいた。

「高階《たかなし》？」

記憶の中にある、高階泉子《もとこ》の名を呼んだ。

「やっぱり、そーちゃん、なんだ」

泣き顔のような、笑顔のような、そんな複雑な表情で、彼女はそう言って。

その手に握っていたリードが、少し緩んで。

「久しぶ――」

再会の言葉を口にしようとした瞬間に、その体が前に大きくつんのめった。

高階家の一員であるバイエルラインは、とても元気で好奇心旺盛《おうせい》な中型犬である。犬種はジャーマンピンシャー、好きなものはジャーキーと毎朝の散歩。そして趣味は、初対面の人間への全力体当たり。

わふわふわふわふわふわふ。

その場の感傷のすべてを吹き飛ばすような勢いでバイエルラインは飛び出す。目前の人間を突き倒し、ついでに宗史の顔を全力で舐《な》めまくる。

飲みかけの缶コーヒーが石畳の上に投げ出され、ほろ苦かったはずの中身を撒《ま》き散《ち》らした。

犬が落ち着くまで、数分かかった。

宗史はベンチに座り直し、その隣に、高階泉子が腰かけた。

「…………………」

気まずい。

五年前の恋人。

つまり、五年前にこのデートコースで共に過ごした張本人である。

不意の再会の時点で、もう充分にやばかった。何を言えばいいのか、どんな表情をすればいいのか、何もわからなかった。そこに来て、このバイエルライン君の狼藉《ろうぜき》である。頭がすっかり真っ白になってしまった。

なお当のバイエルライン君は、『やってやったぜ』的な満足げな顔で、二人の足元に座り込んでいる。

「あ、あのさ」

泉子が切り出した。

「久しぶり。元気そう……じゃないけど、ちゃんと生きててよかった」

ああ、なるほど。

そんなレベルで心配されていたんだな、と思う。

それはそうだ。五年前のあの事件の後、江間宗史は誰にも言わずに転居し、それまで生きてきた表社会から姿を消した。死を疑われていても、何の不思議もない。

「久しぶり。……ええ、と」

宗史はここで、言葉に迷う。

実のところ、宗史のほうは、あの後の泉子の様子について、少しだけ聞き知っていた。回復し、立ち直って生きているらしいということくらいは、把握していた。逆に言えば、そのくらいしか知らなかったということではあるけれど。

だから、こうして現在の本人の姿を見たことで、安心はしたのだ。


彼女の血色がいい。楽しそうに笑ってもいる。

それが、それだけで、自分にとってはとても喜ばしい事実なのだと。


そのことをどうにか伝えようと、必死になって頭を回転させて、

「――太ったね？」

言葉選びを盛大に間違えた。

「待てコラ」

真顔で怒られた。

ばふ。足元のバイエルライン君が小さく吼《ほ》える。

（2）

篠木孝太郎《しのぎこうたろう》は、とある政治家の三男坊として生まれた。

それなりに要領がよく、大抵のことは苦労せずに達成できた。金もあったし、親の名前を出せば大抵の問題は揉《も》み消せた。表面的に楽しげなことをしてさえいれば、友人だっていくらでも近づいてきた。

そんな人生を送っていれば、もちろん、人間は簡単に腐る。高校を出たころには、どこからどう見ても立派な「世間をナメたクソガキ」が出来上がっていた。

世の中というものは意外とよくできているものだ。クソガキにはクソガキにふさわしい報いが訪れる。それまで当たり前のように人を陥れてきた彼は、当たり前のように人に陥れられ、色々なものを失った。家を追い出され、友人を名乗っていたすべてから捨てられ、敵に追われ、野良犬のようになって街を彷徨《さまよ》った。

ああ、もうだめだな、と。夜の路地裏にうずくまって、死すら覚悟しながら、そう思った。ついに心が壊れたのか、泣くより先に、笑えてきた。それまでに自分が浮かべてきたのと同じ、へらへらとした笑みが止まらなかった。

そんな彼の前に、一人の男が現れた。

孝太郎はその男を知っていた。かつて自分が、面白半分に破滅させた相手の一人だ。そしてその男も、孝太郎のことを知っているはずだった。

恨まれていると、何をされてもおかしくないと、そう思った。それでも、

「助けてください」

彼は、目の前の男に、懇願した。

そんな資格はないと、聞き入れられる道理はないと、わかっていても。自分勝手にも限度があると、あまりにも醜い要求だと、理解していても。そうせずにいられなかった。

男は、しばらく表情のない顔で、その孝太郎の姿を見ていた。が、

「こっちだ」

そう呟《つぶや》くように言い、踵《きびす》を返した。

「そういう時のために、セーフハウスは常に用意しておいたほうがいい。僕も最近気づいたことだけど、有事の準備は、後からじゃできないんだな」

予想外の展開に、孝太郎は数秒ほど、呆然《ぼうぜん》とその背中を眺めていた。

「来ないのか？」

そう問われ、慌てたように、走り出す。

それから、五年ほど――ずっと、その背中を追い続けて生きてきたような気がする。

◇

見つけられたのは、偶然だった。

二人の生活の様子を見てこようと、篠木孝太郎はいつものセーフハウスへと向かっていた。そしてマンションの入口に立ち、ふと、頭上を見上げた。

屋上が視界に入った。

そしてそこに、見えてはいけないはずのものを、見た。

「……おいおいおい？」

なんでだよ、と強く思う。見間違いではないかと、疑う。目をこすり、何度も確かめ直す。そのすべてが、無駄に終わる。

「何が起きてるのさ、江間サン⁉」

そこにいない男にとりあえずの疑問の言葉を投げて、孝太郎は走り出す。いまのご時世、世のマンションなるものの大半では、屋上への立ち入りが禁じられている。ここも例外ではない。しかし、禁じられているということが、即ち道がないということではない。非常階段は屋上にまで伸びているし、鉄扉にはなぜか鍵《かぎ》がかかっていなくて、
ぶわあ、
扉を押し開いたその瞬間、正面からぶつかってきた風が、孝太郎の前髪を容赦なく嬲《なぶ》った。大量の空気を叩《たた》きつけられて、逆に息が詰まる。

反射的に目を閉じて、それから、ゆっくりと開いて。

そして、その光景を見た。


風が吹いている。

純白の日差しの下、亜麻色の髪が、ゆるやかに棚引いている。


何かの映画のワンシーンのようだと、孝太郎は思った。

それくらいに、その眺めには現実味が薄かった。

真夏の陽の下に晒《さら》された、繊細な氷細工のような。この手で触れればもちろん、一瞬でも目を逸らしたら、消えてなくなってしまうのではないか――そんな妄想すらもが、自然に浮かんできた。

「……誰かと思えば、こーたろーか、、、」

女が、こちらに気づいた。

風に包まれ、幻想の空気をまとったままで、気安い口調で話しかけてくる。

「どうした、そのような、焦った顔で」

焦りもするよ、と。抗議の声をあげそうになった。

「立ち入り禁止だよ、ここは」

代わりに、常識的な指摘を口にした。

「そうなのか」

「そうなんだよ。ほら、落ちたら危ないだろ」

アルジャーノンは、改めて周囲を見回す。このマンションの面積とほぼ同じ広さを持つ、殺風景な空間。ほとんど掃除の手が入っていないのだろう、砂埃《すなぼこり》やらよくわからないゴミやらが、薄く堆積《たいせき》している。落下防止の鉄柵《てっさく》は、アルジャーノン自身の腰よりも少し上までの高さがある。古びてはいるが、頑丈そうだ。

「そうそう落ちないよう、備えてあるように見えるが」

それは、もちろんそうなのだけれども。

「……それでも、落ちようと思えば、落ちられちゃうからね」

アルジャーノンは少しだけ考えるような顔をして、それから、「ああ」と得心したような声を出した。少しだけ表情が翳《かげ》り、鉄柵から距離をとる。

すごいな、と孝太郎は思う。

人の死は、不慮の事故によるものだけとは限らない。それどころか、目前にちらつく死に、どうしようもなく惹《ひ》かれてしまう者もいる。そういったことを、言葉でうまく説明するのは難しいと考えていた。なのに、その説明をほとんど聞くことなく、彼女はどうやら、話の要諦《ようてい》を正確に把握した。

数日前、初めてこの〝生き物〟に会った時、抱いた印象は、無垢《むく》な小動物だった。目覚ましい速度で成長している、とは感じていた。小動物は一晩で幼子のようになり、幼子は一晩で少女のようになり、少女のようだったものが今や、……いま自分の目の前にいるこれは、一体、何なのか。

「以前、そーじには、この建物からは出るなと言われた。その命を破らないように、とは思っていたのだけど」

どことなく不満そうに、そんなことを言っている。その姿は、それこそ数日前からほとんど、変わりないように見えるのだけれども。

「なんでまた、こんなとこにいるのさ」

孝太郎は尋ねた。

「……見ての通りだ。ひとを見ていた」

「ここから？」

「よく、見える」

眩《まばゆ》そうに目を細めて、アルジャーノンは言う。

「こうして見ていても——本当に靭《つよ》い生き物だ、ひととは」

彼女以外の誰の口から聞いても、大げさだなと笑い飛ばしていただろう。他人事《ひとごと》のように言っても、そういう自分自身も人間だろうと指摘できていただろう。しかしこのアルジヤーノンは、孝太郎の知る限り、現時点で世界で唯一、人間《ひと》を外側の立場から許することのできる存在だ。

「脳。そして感情。こんなものはルール違反《チート》だ。個を保ったままで、これほどまでに巨《おお》きな群れを成せる。どんな化け物でも敵わない、無敵のうねりを」

いっぱいに開いた手のひらを、街に向けて突き出す。

そして、握りしめる。

何かを摑《つか》もうとしているように見えた。しかしもちろん、実際にその指の中に収まるのは、虚空だけだ。

「そして、その靱さがゆえに、自ら苦しんですらいる。その苦しみすら、硝子《ガラス》板越しには、眩《まぶ》しく見える」

寂しげに言って、握りしめていた指を解く。

「……よくわからないけどさ。つまり、悩みごと？」

「悩み……か……」

目を閉じて、しばし考えて、また開いて、

「そうだな。つまりは、そういうことなのかもしれない」

「相談なら、乗るよ。大丈夫、オレってこう見えて、意外と口が堅いんだ。江間サンに言えないようなことなら、秘密にしておくから……」

と、ここまで自分で言ってから、孝太郎は気づいた。アルジャーノンがこんな場所にいる、そのことで頭がいっぱいになっていたせいで、気づくのが遅れた。この子の保護者、江間宗史は、どこにいるのだろう。

「悩みというか、目的への筋道がつけられていないというか、既に失敗したという事実をどのように扱えばいいか測りかねているというか」

「なんだか複雑そうだね？」

「複雑といえば、複雑なのかもしれない」

「じゃあ、その話は下でしようよ。ここは見晴らしがよすぎる、万が一にも、敵に見つかるかもしれないからね」

踵を返し、階段に向かって歩き出そうとした、その背中に、

「そーじを誘惑しようとした」

膝《ひざ》から力が抜けた。

思い切り、その場でつんのめった。

薄汚れた床に、思い切り膝と肘をついてしまった。

「……………………え？」

唇が引きつるのを自覚しながら、ゆっくり、振り返る。

「ええと？」

◇

話を聞いた。

昨夜アルジャーノンが宗史に迫ったこと、それを拒絶した宗史が激昂《げきこう》して部屋を出ていったこと。

えええええ。まじか。まじなのか。

「まじだ」

真顔で頷《うなず》かれた。

傍観者的に言うならば、まあ、驚くようなことではないのだ。いろいろな事情を全部すっとばして状況を見てみれば、若い男女がひとつ屋根の下に暮らしていて、その手の展開が起きること自体は、まあ、自然と言っていいものだ。

しかし、

「えーとノンちゃんさ、そういう欲求というか、本能とか、あるわけ？」

「性欲についてという話ならば、もちろん知識はある」

「いやそうじゃなくて」

「さきみの体が抱くひととしての衝動も、すべて伝わっている。食事を求めもするし、眠くもなる」

「ああ、そういえば、よく寝てたね……」

５０８号室、主のいないその部屋で、二人、テーブルを挟んで話している。

「それで……一緒に暮らすうちに辛抱できなくなって、江間サンのボディの魅力に目覚めてしまったと？」

「何の話だ？」

純度百パーセント、混じりっけなしの、疑問の顔をされた。

「何のっていうか、そういうことしようと誘ったんじゃ？」

「私が欲しかったのは、愛だ」

「んんん？」

なんだかよくわからない話になってきた。

「いろいろと、映画やドラマを見た。愛情以外の理由があって男女が同居する話でも、結局は、愛情に近い関係を重ねて築く。そうしたほうが視聴者にもわかりやすく、お互いを大切にする理由を確認できるから。ひとがひとのために動くとき、そこには愛という理由があるのが自然なのだろう？」

「あー……愛って、そういう……なるほど……」

納得できたような、そうでもないような。

「あれらは作り話だ、現実とは違う、と片付けてしまうのは簡単だ。しかしさきみの知る限り、ひとがひとの行動を語る時に、最も語られやすい衝動は実際に愛憎だ。だから私は、それを求めた」

この子は。

小動物のようで、幼子のようで、少女のようで、それらすべてからかけ離れた何かのような、このアルジャーノンは、つまり。

「私は、そーじを大切にしたい。そーじに大切にされたい」

いろいろと順番を間違えているけれど。

純粋に、本当に、あの男のことが大好きなのだと。

「この体は、さきみの体だ。黙っていても、そーじはこの体を大切にする。けれど、それだけだ。すべてが終わったら、黙って離れて、二度とさきみに近づきすらしないだろう」

「だろうなー」

その理解は正しいだろうと思う。

江間宗史は、確かにそういう人間だ。

「それが、嫌だ。愛を育めば、そういう未来を、避けられるのではないかと思った」

「そうかあー」

この子は確かに、人間ではないのだろう。だから、一生懸命にロジックを組み立てようとすればするほど、人間らしい言い方ができなくなる。

言い換えれば。そのくらいに、この子は、一生懸命なのだ。

一生懸命に、あの彼のことが、好きなのだ。結局は、そこなのだ。

「すまない、うまく説明できない」

「いや、まあ、うん。なんとなくわかったよ、なんとなく」

「そうか、それはよかっ――」

前触れはなかった。

それまで普通に話していたアルジャーノンの全身から、急に力が抜けた。椅子に座っていることとさえできなくなり、床上へと崩れ落ちる。

「お、おい⁉」

椅子を蹴《け》り立ち上がる。

テーブルを回り込む。顔色を覗《のぞ》き込み、熱を測り、脈を確かめる。

「……おい、これって」

四日前、初めてこの子がこの部屋に運び込まれた時、高熱を出していたという。孝太郎自身はその様子を見ていないが、同じことがまた起きているのではと、まず疑った。

しかし、違う。

素人目にもはっきりとわかる。体温が低すぎる、脈が弱すぎる。そして——化粧でごまかしていたのだと今気づいた——顔色が悪すぎる。

「どういう、ことだ」

「心配は、いらない。さきみは、無事だ」

「いや、その沙希未ちゃんの体が、実際にこうして……」

言いかけて、気づく。

明らかにアルジャーノンは弱っていて、なのに、その肉体の本来の主である真倉《さなくら》沙希未は無事だという。これは矛盾しているようで、そうではない。

「タイムリミットが、もうすぐなんだ」

ひとつになっていたものが、ふたつに戻りさえすれば。共生の時が終わってしまいさえすれば。ふたりの運命は、それぞれに別のものへと戻るだろう。

「なんで、こんなに早く」

うめく孝太郎に、アルジャーノンは曖昧《あいまい》に微笑んでみせる。

「頼む。そーじには、黙っていてくれ」

「……それで、いいのかよ、ノンちゃんは」

「もちろんだ」

そう透明な表情で頷かれれば、それ以上、何を言うこともできない。

いや、

「焦ることは――ないんだと、思うよ」

悩みがあるなら相談に乗ると、つい先ほど、口にした。

何も考えずに、それっぽい言葉を口先に並べただけだ。しかし、これだけ大きな「悩み」を目前に晒《さら》されれば、向き合わねばならないという気にもなる。

「愛だの絆《きずな》だのなんてものは、たぶん、本来は時間をかけて培うものだよ。一方向じゃない、お互いに向けられたものなら、なおさらね。そりゃあ超急速栽培できるパターンだって世の中にはあるだろうけど、キミたちは二人とも、そういうタイプじゃない」

ひどいことを言っている、という自覚はある。

それでも、助言者の立場から逃げるよりはマシだろう。そう、自分に言い聞かせる。

「ゆっくりと積み重ねる時間を、それ自体を、大切にするのがいい。最終的に望んだ形の愛情に辿《たど》りつけなくても、そこに向かう、一分一秒を……さ」

「そう、か」

アルジャーノンは頷く。

「まだ機会があれば、次はそうしてみよう。助言、感謝する」

どこまでも素直に。言葉を受け入れる。

ああ——これは、だめだ。

うんざりした気持ちで、孝太郎は天井を仰ぐ。

この二人は、だめだ。

もう自分たちだけではどうにもならない袋小路に、はまり込んでしまっている。

◇

「………」

セーフハウスを出て。

マンションも出て。

「この手は使いたくなかった、なあ」

スマートフォンを取り出し、アドレス帳からひとつの番号を呼び出す。

コール音六回の後に、通話が繫《つな》がる。

「あー……ナカタちゃん？　オレだけどさ。いや、詐欺じゃなくて。マジでオレ」

歩きながら、話し出す。

明るく、軽薄な口調で。

そして、まったくそれにそぐわない、真剣な表情で。

「うん、そう。一昨日《おととい》言ってた話なんだけどさ、やっぱ進めてほしくて。そうそう、そんな感じ。やだなあ罠《わな》なんて仕掛けてオレに何の得があるのさ。大丈夫大丈夫、タイタニックに乗った気分でいておくれよ――」

（3）

朝の散歩と呼ぶには少々長すぎる時間が経った。

なんてことのない、世間話が続いた。

メインの話題は、共通の友人たちのその後についてだ。何人かは、宗史がいなくなったことで消沈し、泉子ともつきあいが切れてしまった。しかし別の何人かは、『同じようなことは繰り返させない』と鼻息を荒らげて、司法やＩＴの方面へと人生を切り替えたのだという。

「……そっか」

例によって、彼らが無事に生きていることだけは、調べてあった。しかしその後の人生については、見ないようにしていた。だからそのすべてが、初耳だった。

「それとね。ちょっとした、ご報告というか」

はにかみながら、泉子が言う。

「そーちゃん先輩の知らない後輩の子にね、先日、プロポーズされました」

小さなVサインを見せながら。

「へえ。受けるの？」

「んー、いまのところ、前向きに検討中っていうか」

自身でも驚くほど、宗史の心は揺れなかった。それはめでたいニュースだと、素直に祝福する気持ちすら湧いてきた。

「こう、繊細な子でね、私が守ってあげないと、壊れちゃいそうなんだよねえ」

「なんだ、そういう男が好みだったのか」

「ううん、全然。でもたぶん、私には、そういう男の子のほうが、いいんだと思う」

なんでもないことのように、重たいはずの言葉を、口にする。

「私ね、毎朝ここを歩いてるの。バイエルラインと一緒にね。ちょおっといろいろ思い出しちゃうけど、同じくらい、大事な思い出もある場所だから。それにさ、もしかしたらって思うところもあって」

もしかしたら、何なのか。

語られなくてもわかる。もしかしたら、同じように思い出を辿ろうとした誰かと、ばったり顔を合わせるかもしれないことだ。

宗史にとって、この再会は、奇跡的な偶然だった。自罰のつもりでたまたま訪れた場所で、たまたま知った顔に出くわした、それだけのものだった。しかしどうやら、彼女にとってはそうではなかったらしい。期待のこもった繰り返しの中で、ついに今日、アタリを引いたということであるらしい。

——強い女なのだと、改めて思う。

強いから、脆《もろ》かった。

「そーちゃん先輩にはさ——」

そこで、こほんと咳払《せきばら》いをひとつ。

「江間先輩にはさ、いま、誰かいる？」

いきなり何の話だ、とは聞けない。わかりきっている。

そして、わかりきっているということを、わかりきられている。五年の空隙があったところで、それぞれの人生自体が大きく変わってしまったとはいえ、そのくらいには、まだ、お互いを理解している。

「先輩にはさ、めっっちゃくちゃ手間のかかる子とかが、いいんだと思う」

嬉《うれ》しそうに、楽しそうに、そしてほんの少しだけ寂しそうに、泉子は言う。

「先輩、自分だけのことだといくらでも耐えられちゃうから。危なっかしい子が横にいたほうが安定するっていうか。ガンガン頼ってくる、甘え上手なタイプのほうが相性いいと思うわけ。経験者はかく語りき的に。どう?」

どうもこうもない。

「心当たりはないよ」

「そーお?」

つまらなそうに、泉子は唇を尖《とが》らせて、

「なら、もし誰か見つけられたらでいいから。そのときは、そのひとを、大切にね」

足元、バイエルライン君が、大きなあくびをひとつ。そして、『そろそろ歩きたい』とばかりに立ち上がり、身を震わせる。

◇

そのひとを大切に、などと。

そんなことを言われても困るのだ、実際。

自分は、アルジャーノンを、見捨てたいのだ。

海岸沿いまで足を延ばした目的の半分は、それだ。

乱れた心を整理するため、ではない。自分の心をもっとぐちゃぐちゃにして、余計なことを考えられないようにしたかった。その目的は、予想もしていなかった形で達成された。現時点で、江間宗史の心中は間違いなくぐちゃぐちゃだ。

まともなことを考えられる気がしない。

少し、歩いた。

光あるところには影あり、というわけではないが。陽光眩《まぶ》しい海岸沿いから少し離れれば、そのぶん色濃い影の落ちた街が広がっている。具体的には、集客の要であるメインストリートからほんの数メートル離れれば、そこはほとんど人の立ち寄らない裏通りだ。

無人の小さな喫煙所を見つけて、立ち寄った。

とはいえ、煙草を吸うわけではない。不自然でなく立ち止まれる場所を探していて、たまたま目に入ったのがそれだったというだけだ。なので、足を止めてから十数秒ほどの間、特にやれることがなかった。スマートフォンを取り出して、なんとなく呼び出したネットニュースを眺める。

乱雑な足音が近づいてくる。

宗史は顔を上げる。見るからにあまりガラのよくなさそうな若者が三名、数歩離れたところから、こちらを見ている。そのうち一名はスマートフォンを耳に当て、どうやら誰かと通話もしている。

「どうした？」

宗史は声をかけた。

「あー、そこは喫煙所の外だ。吸う気なら、もっとこっちに来たほうがいい」

軽口を叩いたが、返事はない。三人の目は、威嚇だけを目的としているかのように、ただこちらに向けられている。

「え……まじですか」

スマートフォンの男が、不意に、驚きの声を出した。

「はい……わ、わかりました、もちろん……」

怯《おび》えたように回線の向こうに頭を下げた後、改めてこちらに向き直り、そして近づいてくる。へえ、と宗史は思う。

「代われだとさ」

男が、スマートフォンを差し出してくる。

肩をすくめて、宗史はそれを受け取る。

『よーお色男。初めましてだが、自己紹介は必要か？』

楽し気な中年男の声が、滑り出してきた。

「……茶番も嫌いじゃないけど、無駄は好きじゃない。まさかあんた本人と話せるとは思っていなかったよ、梧桐さん」

『いいねいいね、なかなか切れ者っぽい返しじゃないか』

膝《ひざ》を叩《たた》く音が聞こえてくる。

『周りにさ、こういうトークに洒落《しゃれ》っ気《け》アリで付き合ってくれるやつ、いねえんだよ。いやマジで嬉しいわ、今度飲みに行かねえか？』

「そいつは魅力的なお誘いだ。けど言っただろ、無駄は好きじゃない。用件を言いな」

『つれないねえ』

ふむ、と梧桐《ごとう》が鼻を鳴らして、

『そっちの用事はいいのかい？　朝からわざわざウチの若いのを釣ったんだ、言いたいこと、あるんだろ？』

「状況が思ったよりややこしくなってきたみたいだから、一度直接話がしたかっただけだよ。あんたの目的が聞けるっていうなら、それだけで充分ありがたい」

正直に言う。

電話越しに、『ふーん』という気のない反応を聞く。

『ならまあ、こっちの用件だ。〝鼠〟を差し出しな』

「ん？」

宗史は眉《まゆ》を上げた。

その要求は、少々、想定していたものとは違っていた。

「……その〝鼠〟というのは、〝コル＝ウアダエ〟細胞のことか？」

『あー、そのそれだ。コルなんとかいう、御大層なマクガフィンだ』

「僕と沙希未ちゃんを追っていたんじゃないのか。研究棟のデータを流出させるわけにはいかないから。それが、なぜ僕が現物を持っているという話に？」

『ま、いろいろと事情が変わってな。お前の身柄は、優先順位が下がった。ブツを出せば見逃すし、なんなら金も出すぜ』

宗史は少し考え、歯噛《はが》みする。

「いま、『お前の身柄は』と言ったな。対象は僕一人か」

「沙希未ちゃんのことは、見逃す気はないと」

『そうだな』

『そうなるな』

「どこまで知っている」

『少なくとも、そこまでは摑んでるさ』

ああ――なるほど。

梧桐は無茶苦茶な男だが、馬鹿ではない。ふざけているようにしか聞こえないその言葉の端々で、相手の程度を試している。このやりとりの中で、相手が何を読みとって、何を考えて、何を差し出してくるのか、そのすべてを分析している。

（沙希未ちゃんの中に〝コル＝ウアダエ〟が根付いたことを、こいつは知っている。今の沙希未ちゃんは、そもそも研究が難航していた〝コル＝ウアダエ〟の、重要な人体実験のサンプルだ。そして、以前の研究データの始末よりも、その彼女の身柄を要求しているということは――）

雇い主を、裏切った。

宗史はそういう結論に至る。

もともとあの研究棟が焼かれたのは、謎の肉片〝コル＝ウアダエ〟の研究が実を結ぶと困る者が社内にいたからだ。そんな利己的な社内抗争が火を熾《おこ》し、沙希未の父親を含む何人もの命を奪った。

その実行犯が、あっさりと、立ち位置を変えた。

『そういや、見たぜ、さっきの女。元カノなんだって？　隅に置けないよなあ』

宗史の脳裏で、熱い火花が散った。

『あれだ、世の中の醜い裏側とか見せないまま、幸せに生きててほしいよなあ？』

「イベントの外の人間に手を出すのは、あんたの趣味じゃないと思ってたけどな」

『なあに、こいつは世間話さ。脅そうとかそういう意図じゃない。ただ、どこまでがイベントで誰が関係者なのか、判断するのは誰だろうな』

ああ、畜生。

想定していたよりも、一回り悪辣《あくらつ》なやり口だった。

『ま、俺の話はそんなもんだ。今すぐ決めろとも言わねえよ。じっくり考えて決めりゃいい。そうだな――』

何かを考えるような間を空けて、

『――陽が沈むまでに、返事をくれればいい。そんくらいまでは、待ってやる』

（4）

狙いの通りに、状況は動かせた。

梧桐の手下を見つけて、現状についての詳しい情報を引き出そうとした。これには成功した。梧桐と直接会話ができたのは、望外の成果と言ってよかった。

しかし、それ以外は想定外だった。

一方的にこちらを狩るだけの立場だったはずの梧桐が、交渉を持ちかけてきた。協力を求めてきた。そのためのカードとして、昔の知人である高階泉子を持ち出してきた。もはや、これまでのように逃げ回るという手すら封じられた。

状況は動き始めた。もう止まらない。そして、振り落とされないためには、さらに加速させなければならない。

申し訳程度の尾行がついていたので、いちおうは撒《ま》いておいた。

セーフハウスに戻った。

（……糞《くそ》ッ）

扉の前。

別れ際に見た、アルジャーノンの顔を思い出す。人間らしい感情表現など苦手なはずのあいつが、それでもはっきりと見せた、絶望と悔悟の表情。

その時の自分自身はどんな顔をしていたのだったか。思い出せない。

そして今、自分がどのような顔をするべきなのかも。見当もつかない。

それでも、いつまでもここでこうして立ち尽くしているわけにはいかない。逡巡《しゅんじゅん》を押しのけて、扉を引き開いた。

風が――

窓が大きく開いていたらしい。扉が開かれたことで、空気の通り道ができた。冷涼な空気が塊のようになって宗史の前髪を掻《か》き乱し、そして背後へと抜けてゆく。

白いテーブルがある。

その上に、金魚鉢が置かれている。二匹の金魚が、ふわふわと泳いでいる。

そして、テーブルに突っ伏して、一人の女が眠っている。風に巻き上げられていた亜麻色の髪が、金魚の尾びれのように、ゆっくりとその背に下りていく。

「……ん」

目を、覚ました。

ぼんやりと顔を上げて、こちらを見る。目の焦点が合う。

「……そーじ、い」

「何、してるんだ」

思わず、そう尋ねていた。

「ああ。この子たちを、見ていた」

目線が、金魚鉢の中へと移る。

「幸せそうに泳ぐのだな、とか。硝子《ガラス》の鉢の中から、私たちはどのように見えているのだろうか、とか。そんなことを、考えていた」

「哲学的だな」

「そんな大層なものではないさ。ただの実感と共感と……やっかみ、だ」

軽く、伸びをする。

「ああ――もう、昼になってしまうな。食事はどうする、もう済ませてきたか？　まだなら、何か作ろうと思うのだが――」

言いながら、立ち上がる。

逆光のせいか、それとも所作のせいか。その姿が光に溶けて消えてしまいそうに見えて、宗史は自分の目を軽くこする。もちろんそんなものはただの錯覚で、目を再び開いたときには、いつも通りのアルジャーノンがエプロンを手にキッチンへと向かっていた。

言いたいことも、問いただしたいことも、いくらでもあったはずなのに。今はそれらを飲み込むことを選んだ。そしておそらく、アルジャーノンもまた、同じことを考えていたのだろう。

さて、目玉焼きである。

あとはパンとサラダ。二日ほど前にも見たメニューだ。

違うところがある。今回は最初から、テーブルの上にいろいろとトッピングが用意されている。塩、胡椒《こしょう》、醬油《しょうゆ》、ケチャップ、マヨネーズ、合わせ味噌《みそ》、ポン酢、そしてなぜかホイップクリームなんてものまで。

さらには、メモ用紙とボールペンまで用意してある。

「いろいろ、試してみたい」

というのが、アルジャーノンの弁。

「私が私でいる時間を、好きになれるものを探すことに、遣いたい」

「そうか……」

まあ、体に害になるようなものでもない。それこそ、好きにすればいいと思う。

白身の端に少しずつ、色々なものをのせて味変させては口に運ぶ。そのたびに、メモに何やら書きつける。

そんなちまちました作業を続けるアルジャーノンを、ぼんやり見ている。

「そーじ？」

「あ、いや」

我に返り、自分の皿に手をつける。

せっかくだからと、卵には少し胡椒をかける。

パンはまだ焼きが足りず、目玉焼きは少々焦げている。しかし、前回に比べれば、少しばかり上手になっている。このままいけば、次はもう、失敗しないだろう。

「ううむ……」

アルジャーノンが、なにやら真面目な雰囲気を出して考え込んでいる。味噌とポン酢の組み合わせに対し、思うところがあったらしい。深刻な顔でもぐもぐやる。

「言っておきたいことが、ある」

食べながら、アルジャーノンは言う。

「つまり私は、君たちのことが、大好きなんだ」

「……は？」

「さきみのことも。そーじのことも」

いきなり何を言い出すのか。

いや。いきなりではない。アルジャーノンはきっと、ずっとそれを訴え続けてきた。言葉にする術を持たないまま。不器用に不格好に、態度にだけ出して。

「そのことが、とても嬉《うれ》しいんだ。だって、そうだろう。誰かに対して、好意を寄せることができる。これは、ちゃんと心を持つ者の特権だ。私には心がある。これ自体が錯覚かもしれない、妄想かもしれない、けれど、そう信じられるというだけで、私は――」

幸福だ、と。アルジャーノンは言う。

「……そうか」

かける言葉が見つからなくて、そっけない相槌《あいづち》を打つことしかできない。

「そうなんだ」

嬉しそうに、アルジャーノンは頷《うなず》く。

食事を、終えても。

「身勝手な夢を、見ていたんだ」

「そうか」

睦《むつ》むように、夢見るように、言葉を交わした。

「もしも私が、正しくひとの子として生まれていたら、何を得ていただろうかと考えた。それは、今からでも摑《つか》み得るものではないかと、妄想した」

「そうか」

「そして、実際に、手を伸ばした。許されることではないと、わかっていたのに」

「そうか」

ぷかりと、金魚鉢の中に、小さな泡が浮かぶ。

それを、二人で見守る。

「――手を伸ばす気があるなら、摑めるものは、他にもあるだろうさ」

「そうなのか？」

「保証はしない。でも、探してみる価値は、あるんじゃないか」

「そうか……うん、そうかも、しれないな」

宗史が放つ薄っぺらな言葉を、アルジャーノンは、大事に受け止め、しまい込む。

いつまでも、そうしているわけにはいかない。

宗史は立ち上がり、クローゼットから取り出した上着を羽織る。一見すると市販の量産品だが、内側には、防刃性能の高い繊維が編みこまれている。現時点で可能な精一杯の武装だ。できることならもっと色々と着込みたいところだが、いつもの調達ルートが使えない逃亡生活中ではそうもいかない。

「行くのか」

その背に、アルジャーノンが尋ねてきた。

「ああ、行くよ」

宗史はそう答えた。

「どこに行くのかは、聞かない方がいいか」

「そうだな。聞かれても、応えられない」

戦いに行くのだ、などと。

自分でも、似合わないと思う。タチの悪いジョークだ。真顔で言える自信がない。

――だから、その代わりに。

「僕は、お前から沙希未ちゃんを取り戻すと、宣言した」

「うん？　……うん、そうだな」

「お前がそこを出る時には、次の体の都合をつけてやるとも、約束した」

「ああ、それは……」

「だから、いいな、」

息を吸って、

「勝手にいなくなるなよ」

一方的に、要求を、突きつける。

「残り時間だとか追っ手だとか、その手の面倒は僕の領分だ。僕が片をつける。だからお前は、何も心配しなくていい。ここでホームコメディでも見ながら、暇をつぶしてろ」


振り返らずに部屋を出て、後ろ手に扉を閉めた。

そしてそのまま数秒の間、動けずにいた。

陽光に炙《あぶ》られた大地が熱い。

それに熱せられた大気が暑い。

容赦なく喚き続ける蟬が煩い。そして――

「行くか」

陽が沈むまでは待ってやると、梧桐は言った。最長でもそこまでしか、時間は残されていない。やるべきことは数多《かずおお》い。梧桐に対抗する術を、奴から多くを守る手段を、創り出さなければならない。

さらにそのうえで、自分が生還するとか。無事にこの部屋に戻ってくるだとか。そんな贅沢《ぜいたく》まで望もうというのなら、考えるだけで気が遠くなるほど、難度は上がる。

だが、不可能だとも思わない。江間宗史は自己評価の高いほうではないが、それでも、客観的にそう判断する。だから、

（やれるだけ、やってやる）

そう自分に言い聞かせながら、歩き出す。

◇

扉が閉まって。

宗史の気配が、遠ざかって。

部屋の中に、一人、残されて。

「ふ……ふふ……」

アルジャーノンは、小さく笑う。

「勝手にいなくなるな、か……」

呟《つぶや》く。

その辺りが、もう限界だった。

床の上に、崩れ落ちる。

　もう、ここから立ち上がることもできない。

　アルジャーノンの意識と、真倉沙希未の肉体のつながりが、切れようとしている。この体をアルジャーノンが動かしていられる時間が、尽きようとしている。

「味噌は……意外と悪くなかった、な……」

　床に伏したまま、力なく微笑む。

　ひとのように、何かを好きだと思えた。ひとのように、好きになれるものを最後まで増やし続けることができた。自分が求めた生き方を、最後まで貫けた。そのことを幸福だとして、満足はできそうだった。

　欲を言えば、宗史に好かれてもみたかったものだが……わかっている、それは無理だ。彼と自分《アルジャーノン》の物語は、そういう展開にならずに終わる。普通の物語ならば、終わった後の未来に、まだ可能性は残るのかもしれない。しかし自分たちの場合にはそういうことすらない。

「……待たせたな、さきみ。長く借りていたものを、いま返そう……」

　つぶやきながら、ボールペンを拾い上げる。

(5)

産業スパイ、という言葉がある。

それ自体は、職業ではなく、ある種の行動群を示すものだ。要は敵対組織に対してのダメージに繋《つな》がりそうな、そして自分たちの利益に繋がりそうな裏の作業をすべて総括してそう呼ばれている。

だから、宗史自身は、自分のことを、スパイだとは思っていない。スパイ活動に必要ないくつかの技術を備え、実際にそういう仕事を請けることもあるというだけの、ただの民間人だと思っている。

民間人だから、そうそう特別な戦い方はできない。できることは、地味に確実にひとつずつ、情報の糸を手繰っていく程度だ。

「――もともと梧桐の背後にいたのは、谷津野の専務派だ――」

手持ち時間は少なく、使える人員も自分自身だけ。となれば使える戦術は限られる。

その中でも代表的なのはやはり電子的略奪。

持ち出したノートPCを公園の公共Ｗｉ－Ｆｉに繋ぐ。近くで同じＷｉ－Ｆｉを使っているスマートフォンを何台か乗っ取り、アクセス偽装の踏み台にさせてもらう。これは言ってみれば、悪さをする前に人込みに紛れるやり方。上等でも上品でもないが、間に合わせの迷彩としてはこれで充分。

今のご時世、有効な電子的セキュリティを構えている日本企業はそう多くない。予算を渋るか、あるいは何をどうしたら身を守ることになるのかもわからず無防備でいるか、この二択のどちらかである場合がほとんどだ。

そしてどうやら、谷津野もその例に漏れていない。

（まあ……セキュリティ強化よりも対抗派閥の足を引っ張るほうを選ぶような社風だったわけだしな……）

ことの始まり、あの研究棟に自分が呼び出された時のことを思い出しつつ。

外回りの社員の一人が、喫茶店から社内ネットワークにアクセスし、メールをチェックしているのを見つけた。その彼がログアウトしようとした瞬間に、アクセス権をかすめ取る。その瞬間から宗史の手元のノートＰＣは営業三課主任補佐東郷太郎の仮面をかぶり、ネットワークの中を自由に泳ぎ始める。

古典的な、それこそインターネット誕生以前からある、なりすまし《ディスガイズ》の潜入手法。

一度中に入れさえすれば、後はもう、こちらのものだ。東郷ほにゃららの権限では入れない場所も、別の誰かの仮面を内側から借りれば、問題なく見られる。不正アクセス対策をほとんどしていないこの場所では、自由にすべてを閲覧できる。

「――直接の依頼主はカバー会社を通していた。が、背後には確かに曾根田専務当人がいた。社内の権力争いのために、対抗勢力の次期の主武器となりそうだった〝コル＝ウアダエ〟の研究を妨害した。これが成れば、海外の大手製薬会社との提携が決まりかけていた専務派の敵はもういないという目算だった――」

ここまでは、概ね、既に摑んでいた。

欲しいのは、その先の情報だ。

「――裏切ったのは、この海外の大手製薬会社。専務派が潰《つぶ》したはずの〝コル＝ウアダエ〟のことをどこかから嗅《か》ぎつけ、提携相手を出し抜いて、自分たちのものにできないかと考えた。そのために、梧桐を引き抜いた、それから――」

そう、ここからだ。

「――エピゾン・ユニバーサル社マネージャー、ノーマン・ゴールドバーグ」

ひとつの名前を見つけた。

よし。

唇が、小さく歪《ゆが》む。

梧桐と正面からぶつかるつもりなどない。

殴り合いは性に合わない。撃ち合いも同様だ、というかそもそも銃など持っていない。

人数比は圧倒的で、敵の陣容の把握もできていなくて。仮にうまく今日を凌《しの》げたとしても彼らを完全に敵に回す。明日《あした》以降を生きていけなくなる。

だから、そういう戦い方はしない。

代わりに、その背後を狙う。どれだけ非常識な連中であっても、梧桐たちは依頼を請けて仕事をしている営利団体だ。その依頼自体を取り下げさせることができれば、この厄介な状況をすべて、根っこから白紙に戻すことができる。


空を見上げる。

夕暮れが迫っている。

タイムリミットはあの太陽が沈み切るまで。

まだあと少しだけ、時間は残っている。

もうあと少ししか、時間は残されていない。

思い出すのは、少し焦げた目玉焼きをちまちまとつつく、アルジャーノンの姿。好きになれるトッピングを探していると言っていた。ならばそうするべきだろうと思った。調査というものは一般的に、試行回数を重ねてやるものだ。明日も、明後日《あさって》も、気の済むまで繰り返すべきだ。だから、そのために。

——大丈夫だ。やれる。間に合わせろ。

自分に言い聞かせる。

◇

夕暮れが迫っている。

三人の男たちが、白いバンを降りた。

共通点としては、あまり真面目そうに見えない若者といったくらいか。特別に目立つ外見をしているわけではない。なのに隠しようのない、物々しい雰囲気が漂っている。

マンションへと入っていく。共用エントランスに鍵《かぎ》はかかっていない。エレベーターを使い上階へ。

「ぜってぇイカサマだって。あそこでキングが二枚重なるとか、どう考えてもありえねぇだろうが。確率的におかしいって、確率的に」

野球帽の男が、唇を尖《とが》らせてぼやいた。

「るっせぇな。遠吠《とおほ》えは後で聞いてやるから、今は黙って働け」

アロハシャツの男が、苛立《いらだ》ちも露わに窘めた。

「遠吠え言うな、正当な抗議だ」

「いいから黙れっつってんだろ」

エレベーターを降りる。

辺りに住人の姿がいないのを確認して、動き出す。５０８号室の扉の前へ。

野球帽が錠の前にかがみ込み、外から解錠できないかを確認しようとする。ドアポストの位置は低く、扉と壁の間にはガードプレートが挟まれている。サムターン回しには厳しい形状、男は眉《まゆ》を顰《ひそ》める。

別の、サングラスをかけた男がその肩を軽く叩《たた》き、鍵を目の前でちらつかせる。

「あるなら先に言えよ！　無駄な仕事が増えるとこだったじゃねえか！」

「大声出すな馬鹿野郎！」

二人に構わず、鍵の男が前に出る。解錠し、ノブに手をかける。

全員が、口をつぐむ。

「…………」

ゆっくりと、扉を開く。

一人ずつ、部屋の中へと入っていく。

先頭の男が、鼻をひくつかせる。

「なんだ、この臭い……」

「喋《しゃべ》んなつってんだろうが！」

そう広い部屋ではない。答えは、すぐに見つかった。

ソファの陰に、血だまりがあった。

そしてその上に、一人の女が、倒れていた。


「な……っ」

「まじ、かよ……」

気圧されたように、男のうち二人が、半歩ほどを退く。それを押しのけるようにして、三人目の男が前に出る。血だまりを踏み、かがみ込み、女の首に指を当てる。ざっと体を見回し、傷を探す。見える位置にはない。

「死んでるのか？」

「いや」

男は首を横に振る。

「生きてはいる。けど、動かさないほうがいい」

「どうすんだよ、連れてこいって言われてんの、その女だろ」

人間を運ぶというのは、もとより簡単なことではない。意識のない相手ならばなおさらだ。単純な重量物としても運びづらいというのに加えて、どうしても目立ってしまう。脅して自分の足で歩かせるのがベスト、気を失った相手を介抱している体《てい》で連れ歩くのが次善。目立たない袋に詰めて、荷物として運ぶのが、それらよりもだいぶ劣る妥協策。

「誰に殺《や》られたんだ？　例の、江間ってやつか？」

辺りを見回しながら、アロハシャツが、誰にともなく問う。

「まだ生きている。たぶん、時間切れだ」

視線を上げず、サングラスが答える。

「あん？」

「ラットを使った移植実験では、十日あまりで〝コル＝ウアダエ〟は血に混じって排出されたと聞く。人間でも同じことが起きたんじゃないか」

「はぁ……」

「なんでもいいけどよぅ。これ、詰めるのか？」

野球帽が、持ってきた大型のザックを振ってみせる。抵抗され、気絶させるしかない時のために持ってきたものだ。が、アロハシャツに「阿呆《あほう》」と一蹴《いっしゅう》される。

「そいつは防水じゃねえんだ、血が染み出る。真夏の殺人サンタクロース、瞬速で今夜のトップニュースになれるだろうな」

「じゃあどうすんだよ」

「ストックバッグを」

にらみ合う二人の間に、サングラスの声が割って入る。

「……は？」

「台所、どこかにストックバッグ置いてあるだろうから、持ってきて。大きめのやつ」

「何を……」

「言っただろう、ラットから〝コル＝ウアダエ〟は排出された、それと同じことが人間でも起きたんだって」

血塗れのその手が床の上から、何かを掴《つか》み上げる。

赤い。

大きさは、子供の握りこぶしほど。

一見して、肉塊のようだった。あるいは、むき出しの内臓のようだった。筋肉と脂肪の交ざり合う中から、神経がはみ出している。それでいて、骨のようなものはない。沼から打ち上げられた水蛭《すいてつ》のような。

サングラスの男の手の中で、それはかすかに、脈動しているように見えた。

「うぇ」

野球帽の男が、嫌悪の声を漏らした。荒事と血に慣れているはずの彼にそんな反応をさせるだけのグロテスクさが、それにはあった。

「〝コル＝ウアダエ〟だ。これを持って帰ればいい」

「……そいつが」

「ここから女を運び出すのはリスクが大きすぎる。けど、これだけならイケる。万一足りないと言われたら、その時改めてこの女を回収すればいい。だろ？」

　野球帽とアロハシャツが顔を見合わせる。

「だからほら、ストックバッグ。持ってきてよ」

　急かされ、「ああ」と野球帽が動き出す。


　テーブルの上に、紙きれが一枚、置かれている。

　のたうつような字で、短い一文が書き綴《か　つづ》られている。

　サングラスの男が、血を拭《ぬぐ》った手でそれをつまみ上げて、文面に目を通して——

「…………」

　——無言で、元の場所に戻す。


　ガラスの金魚鉢の中で。

　部屋の中で起きているすべてに構わず、二匹の金魚は、優雅に泳いでいる。

◇

　無茶な戦いだということはわかっていた。

奇跡をいくつ起こしても足りない、そういう挑戦だとも理解していた。

それでも宗史は奮闘した。エピゾンのサーバにアタックをしかけ、谷津野とは比較にならない堅牢《けんろう》さに歯嚙《はが》みした。ノーマン・ゴールドバーグの資料を集めた。エピゾンおよびその周辺企業の関係者に偽装番号から連絡を入れて、ゴールドバーグの声色と口調で偽の指令を出した。関係者数人の背任の証拠をつまみ上げ、別の場所に放り出してきた。

架空のアクシデントで保安部門をひっかきまわし、偽物のトラブルで監査部門を忙殺させた。そうやってこじあけたセキュリティの隙間に体をねじ込んだ。

いくつもの幸運に恵まれた。危うい綱渡りを次々とこなした。

空が、赤い。

太陽が、今にも沈みそうだ。


それは、がむしゃらな特攻だった。

冷静な時には絶対にやらないような粗雑な手段を、片っ端から使った。あちこちのサーバに自分の足跡《タイムスタンプ》を残しながら、駆け巡った。

言うまでもなく、痕跡《こんせき》を残すのはこの手の作戦における禁忌だ。侵入者や工作者の存在がバレれば、作戦自体が危うくなるのはもちろん、今後の我が身も当然危うくなる。場合によっては、誇張でも冗談でもなく、ヒットマンが差し向けられる。

そんなことはわかっている。

それでも、勢いは落とせない。

あと数時間だけ、バレなければいいのだ。いまこの時だけ、凌《しの》げればいいのだ。梧桐相手の勝負を終えて、アルジャーノンの……（じゃなくて）……真倉沙希未の安全を確保する。それが最優先事項。

それ以外のことは、今は考えない。

とはいえもちろん、死にたくはない。全部が終わった後で、できる範囲で、足跡を消して回ろうとは思うけれど。


「よし……」

あと少しだ、と宗史は思った。

いま可能な下準備は、概ね終わった。あとは、ゴールドバーグのアカウントから、梧桐たちに依頼撤回の連絡を送るだけだ。もちろん疑われはするだろうが、周囲の状況は固めてある。エピゾン内部に宗史が演出しておいたトラブルが、「今のゴールドバーグは〝コル＝ウアダエ〟などに構ってはいられない」という裏付けになってくれる。細工の存在それ自体はすぐにバレるだろうが、構わない。態勢を立て直すのに数日はかかるだろうし、その数日を使って次の手を打つまでだ。

もう少しで、終わる。梧桐を退け、自分たちは、自由な時間を得る。

これからどうしようか、という妄想が脳裏をかすめる。今日はもう疲れた、動くべきは明日《あした》からだ。

ひとつ思いついた、アルジャーノンを連れて動物園に行こう。沙希未ちゃんの体を出た後に、どういう動物の体に入るのか、その候補を探しに行こう。多少珍しいものを要求されたところで構うものか、今の自分なら大抵のことはできる、そんな気がする。

着信音。

最後のエンターキーの上で、指が、止まった。

鳴っているのは、宗史のスマートフォン。発信者の番号に見覚えはない。

空を仰ぐ。赤い。地平線近くに、まだ太陽は見えている。

一瞬の躊躇《ちゅうちょ》の後に、画面をタップし、通話を繋《つな》ぐ。

『よーお色男、さっきぶりだな。いまどこにいる？』

聞きたくもなかったあの声が流れ出す。

「連絡先を交換した覚えはないんだけどな？」

『そう言うなよ、俺とお前の仲だろ』

舌打ちする。この番号がなぜ突き止められてしまったのか。気にはなるし、放っておくわけにはいかない問題だが、今はそれより優先したいことがある。

「何の用だ。……日没には、まだ時間があるだろ」

『ん、あー、そうだな。安心しろ、返答を急かしたいわけじゃねえ』

「じゃあ、何だ。こっちだって暇じゃないんだ、どうでもいい用事なら──」

宗史の声を遮るように、

『俺はフェアだからな、教えといてやろうと思ったんだよ』

「──何の話だ──」

『フライング気味で悪いが、ブツは確かに受け取った』

「────────何？」

こいつは、何を言っているんだ。

こいつは、何を言ったんだ。

こいつは、何なんだ。

一瞬の混乱が、宗史の思考を壊した。

『少額で悪いが、あとで代金も送っとくよ。どこに振り込めばいい、口座を教えてくれ』

嬲《なぶ》るように、嘲《あざけ》りの口調で、梧桐は続けている。

宗史には聞こえていない。

止まっていた思考を、どうにかかき集めて、再び動かし始める。言われたことを理解しようとする。そして、

「ふざ」けるな、と。

怒りの叫びもそこそこに。

ノートPCを投げ捨てて、梧桐自身が言った。

陽が沈むまで待つと、梧桐自身が言った。宗史はそれを鵜呑みにして、夕暮れまでは大丈夫なのだと思いこんだ。自分がそう信じたかったからと、疑うことを怠った。

ゆっくりと、太陽が地平線に沈む。夜が来る。

（6）

門崎《かどさき》外科病院には、今夜も、他の客の姿はない。

「血が足りてない。栄養も足りてない。しばらくは、点滴打って休んだほうがいい」

カルテを手に、老女医は言う。

「けど、これといって外傷も残ってないし、基本のところは健康体だよ。意識もどうやら明瞭《めいりよう》だ。数日内に、本来の生活に戻れるだろうね」

そうか、と宗史は思う。

その感情は、自身でも驚くほどに凪《な》いでいた。

「会っていくかい？」

問われて——少し、悩んだ。

「いいのかな？」

「別に面会謝絶とかじゃないんだ。あんたにゃ権利があるだろ」

「そう、かな……」

自分の手のひらを、しばし眺めて。

◇

薄暗い病室に、入った。

ベッドに横たわる娘が、ゆっくりと、こちらを見た。

「……江間、せん、せい……？」

名を、呼ばれた。

「やあ」

力なく、応えた。

「おはよう、沙希未ちゃん」

「わたし……」

その瞬間、おそらくは突然に襲ってきた頭痛に、顔を歪《ゆが》める。

「あ……く……」

「大丈夫？」

「……ええ。わたしは、大丈夫。けど」

その言葉を聞き、宗史は「ああ、やっぱり」と思う。

「覚えてるんだね、あいつのこと」

沙希未はゆっくりと息を吸い、吐き、

「ええ。あの子の見たもの、聞いたこと、考えてたこと、ぼんやりとだけど、全部ここに残ってる」

腕を動かし、自分の胸を押さえる。

他人の記憶を読む感覚、なのだろう。以前にアルジャーノンが、沙希未の記憶に関して同じことを言っていた。同じ体、同じ脳を使っているから、そこに残っている記憶を読みとることができる。状況自体はほとんどそのままに、立場が逆転した。

ひとつの体に生きていたこの二人は、誰よりも近しい隣人だ。他の誰よりも、お互いのことを知っている。決して出会うことがなく、触れあうこともなくても。

「アルジャーノンのこと、恨んでるかい？」

「別に。恨みとかはない、かな。でも」

目を閉じる。

「怒ってはいる、わよ。もちろん。ひとの体で、好き勝手にしてくれちゃって。そのくせ、文句のひとつも聞かずに、いなくなっちゃって」

目尻《めじり》から、大粒の雫《しずく》が、こめかみを伝って枕へと落ちる。

「言ってやりたいこと、たくさんあったのに。ヘンな格好するなとか。ヘンな食べ方するなとか。ヘンなこと言うなとか。それと、あれもだ。わたし、この体の貞操まで、勝手に捧《ささ》げられかけたのよ？」

ところどころに嗚咽《おえつ》を交えて、途切れ途切れに。それでも、言葉は止まらない。

「まあ、でも、そのへんはこの際、どうでもいいの。一番許せないのは、別のこと」

力なく首を振って、

「わたしの体に入ってきて、最初にあの子は、謝った。少なくとも、そういう気持ちだってことが伝わってきた。あのときに言葉を知ってたら、『ごめんなさい』って言ってた」

そこで小さく笑い出して、

「自分が寄生生物《パラサイト》だと知った時もね、あの子、わたしに向かって言ったのよ。『生まれてきてごめんなさい、生きようとしてごめんなさい』って。冗談じゃないっての。そんなこと謝る赤ん坊が、この世のどこにいるっての」

両腕で、自分の目を覆った。

「叱ってやらないといけなかった。でも、わたしの声は、あの子に届かない」

——おね……い……。

——たす、け……あ……て……。

今さらながらに、理解した。最初の夜の、沙希未のあの訴えは、自分を助けてくれなどというものではなかったのだと。

——助けてあげて——

父を失い、自分自身もどうなるかわからない、そんな状況下で。彼女は、自分を侵食しつつある異物の……自分の中に生まれつつあった、小さな自我の心配をしていたのだと。

その願いを、自分は、聞いてやれなかった。

「君は……君の、もとの生活に戻れ」

絞り出すように、宗史は言った。

「家に帰って、家族を支えて。学校に行って、友人たちと、未来を目指すんだ」

「それで、この一週間のことは、全部忘れろと？」

「ああ。それは、あいつの願いでもあったはずだ」

「ひどい話」

「ああ」

本当に、その通りだ。返す言葉もない。

「すまない」

「先生も、謝ってすまそうとするのね」

「……ああ。すまない」

部屋を出た。

◇

手の中には、一枚のメモ用紙。

汚い字で、『すまない、約束は守れない』と書かれている。その下には大きな余白が広がっていて、おそらくはもっと色々と言及するつもりで書き始めたのだろうとわかる。けれど、時間か余力が足りず、あるいは言葉が見つからず、それが果たせなかったのだと。だから、一番重要だと思った言葉だけを、どうにかそこに書き残したのだと。

「まあ、確かに……謝ってすませることでも、ないよな……」

自分はからっぽになったのだと、思った。

本来の目的は果たせた。真倉沙希未を危険な場所から連れ出し、その人格も取り戻せた。当面の身の危険もなくなった。彼女は問題なく——喜ぶべきことも悲しむべきことも含めて——自分の人生に戻ることができるだろう。

宗史自身についても同様だ。これ以上、梧桐に狙われる理由はない。セーフハウスに隠れ住む必要はなく、本来の自分の住居に戻ることができる。そして、これまで通りの……たまにスパイ的なこともするセキュリティ系の一般人としての生活に戻れる。

それは、喜ぶべきことだ。

だから、受け容れるべきことだ。

——僕は、お前から沙希未ちゃんを取り戻すと、宣言した。

——お前がそこを出る時には、次の体の都合をつけてやるとも、約束した。

結局。

江間宗史は、何もできなかった。

あいつが言葉にした願いや望みを、ひとつとして叶《かな》えてやれなかった。

自分自身で決めたことも望んだことも、ひとつとして達成できなかった。

「…………」

息を、吸って、吐く。

悩むふりを、少しだけしてみた。無意味だったので、すぐにやめた。

「……ああ、そういえば……」

思い出した。

さきほどまでの無茶なハッキングの痕跡《こんせき》を、消さなければいけないのだった。エピゾンとその周辺会社には、だいぶひどい混乱を引き起こしてしまった。そして現場にはたっぷりと、犯人が江間宗史であるという証拠が残されている。急いでそれらを処分しなければ、明日《あした》の朝ごろには頭に鉛弾が宅配されるかもしれない。

手遅れだった。

エピゾンの社員たちは、優秀だった。野放図にまき散らされた混乱の種を収拾し、当然のように犯人も突き止めていた。セキュリティ部門の代表だとかいう男が、「幼稚な愉快犯によるクラッキングだ、犯人は相応の報いを受けるだろう」と、株主相手のパフォーマンス動画をアップロードしていた。

ぼんやりとした顔で、宗史はその動画を最後まで見た。

それは宗史に向けた実質上の死刑宣告だったが、心はあまり動かなかった。

作りものの物語が、わりと好きだ。江間宗史自身の人生は、とっくに壊れているから。

今こうしてここにいる自分は、摩耗しきった、残骸《ざんがい》のようなものだから。

その残骸にだって、大して愛着があるわけでもない。というか、そのすべてを、この数日のうちに、昇華しきった気がする。良いことも、悪いことも、出会いも、別れも。

だから、もう、いいんじゃないだろうか。

常識も良識も法律も関係なく、感情だけで何かを望んでも。

それこそ、B級アクション映画のような結末を、この人生に望んでも。


街に出た。

太陽は沈んでも、蒸し暑さは変わらない。熱気の中を泳ぐような感覚で、街灯の照らし出す道を征く。

「………」

これからやろうとしていることの無茶苦茶さに反し、頭の芯《しん》は異様なほどに冷えていた。

作戦を三つのフェーズに区切り、それぞれについて具体的なタスクを詰める。かけられる時間に余裕はないが、効率よく進めれば、まあ、なんとかなるだろう。

少し歩いたところで、最初のターゲットの位置に到達した。

昼前に遭遇したガラの悪い若者の一人だ。名は榎本大吾《えのもとだいご》、二十三歳、隣の市で花屋をしている両親と東京で会社員をしている弟がいる、最終学歴は梨沼西《なしぬまにし》高校中退、先月推しの

VTuberが引退してしまって消沈気味、わさびハンバーガーが好きで週に一度は自作して食べている、そして、ズボンの尻《しり》に発信機をつけられていることに現時点でまだ気づいていない。

近づいて、後ろから肩に手を置いて、

「やあ」

声をかけた。

「あぁ？」

訝《いぶか》し気に振り返り、

「お前……」

誰だっけ、という顔のまま数秒。

「あ」

「思い出したか？」

にっこりと、宗史は笑う。

笑いながら、全力でブン殴る。

それこそアクション映画のワンシーンのように、そいつはきれいに吹っ飛んだ。

路上に出されていた飲み屋の看板のいくつかを薙《な》ぎ倒《たお》し、積んであったゴミ袋に頭から突っ込む。

周囲の通行人たちの中から、悲鳴が上がった。遠巻きに人垣ができた。何人かがスマートフォンを取り出して写真や動画を撮り始める。すぐにSNSなり動画サイトなりに拡散されることだろう。そして、「五年前の殺人鬼」と同一人物だと気づく者が出て、また大騒ぎが起きるのだろう。

それは憂鬱《ゆううつ》な話ではあったが、まあ、今さら大して気になる問題でもない。拳《こぶし》が痛む。誰かを殴るということ自体に不慣れなせいで、力加減とかを間違えた。二人目からは道具を使おうと心に決める。

倒れた男に近づき、襟首をつかんで引き起こす。力なくうめくそいつの目を覗《のぞ》き込み、優しい声で話しかける。

「君の友達について、いくつか話を聞きたいんだけど、いいかな？」

◇

返事は陽が沈むまでは待ってやると、梧桐は言った。

あれは、嘘だった。夜まで待たずに梧桐は行動を起こした。

梧桐は目的を果たし、宗史は守る相手を失った。勝負は終わった。梧桐にはもう宗史に構う理由がなく、宗史にもまた、これ以上梧桐に関わらなければならない事情はない。

やろうと思えば、今からでも、平穏な生活に戻れはするだろう。エピゾンから逃げ回ったりする必要はあるが、もともと世捨て人のような人生だ、不可能ではないはず。

そのうえで、宗史は、

「こんだけ出血大サービスで売りつけられたんだ――」

痛みを訴える赤い拳を、さらに強く握りこんだ。

「――喜んで買ってやるよ、その戦争」

（7）

仲田奈津彦《なかたなつひこ》には、夢があった。

それほど大仰な話でもない。誰しも幼いころは、大なり小なり、真っ白なキャンバスに将来の自分を空想するものだ。周りの子供たちが会社員だの公務員だのを夢みている中、奈津彦は「正義の番長になりたい」と言い、小学校の卒業文集にもそう書いた。

人間、簡単に道を間違えて、しかも転がり落ちるものだ。

アウトローっぽいことをしていれば番長らしいかなと考えた中学時代、ハチャメチャな先輩にとにかく付き従っていれば楽しい思いができた高校時代、そして、その延長上にあったその後の十数年が過ぎた。気がつけば二十代も終わりが近い。そして鏡の中には、正義とも番長とも縁のない、ただ年をくっただけの元不良少年の姿がある。

だが、彼の心の中に、焦りはない。

なぜならば、あの梧桐薫《かおる》が自分たちのボスなのだ。

確かに無茶苦茶な人で、気分屋で、どうしようもない犯罪者だ。けれど実力があって、実績とコネクションがあって、何より圧倒的な自信を持っている。そのうち、これまで以上にデカいことをするに違いない。その時は、下にいる自分たちも、美味い思いができるに違いない。

そう考えていたから、

「気にいらねぇな。余所者にでかい顔させとくのかよ」

そう文句を言う仲間の気持ちも、とてもよくわかるのだ。

その余所者をボスに引き合わせたのは奈津彦だ。だから立場上、そいつを悪くは言いにくい。しかしそれはそれとして、目の前のこいつら同様、愉快ではないことに変わりはない。

息苦しいその部屋には、奈津彦自身を含めて三人が、「何かあった時」に備えて待機している。とはいえ、どうせいつものように、「何か」など起こらないに決まっている。

そして、狭い場所に野郎だけで閉じ込められていればもちろん、苛立ちも募るし、愚痴も出るというものだ。

「なあ、お前が連れてきたんだろ、ナツ。どうすんだよアイツ」

そこで俺に振らないでくれよ、と奈津彦は思う。

「──気にすんなよ。今回の件が終わったら、どうせすぐにいなくなる」

「どうだかね。ボスに気にいられて、寄生する気なんじゃねえのか」

「だったらその時になってから追い出しゃいいだろ、今はまだ利用価値あんだから、放っておけって話だ。なぁ、お前も何か言えよトモジ……」

話を、別の仲間に振った。

ふだんから言葉少なだが、比較的冷静で、かつあまり空気を読まない一人だ。感情的で非建設的なこの会話に、いい感じに冷めた一言を投げ込んでくれることを期待した。

「……トモジ？」

スマートフォンを睨《にら》んだまま、そいつは何も言わない。

「おいトモジ？　どうした？」

促され、友次《トモジ》が顔を上げる。

「定時連絡が入らない」

「何の」

「外回りの連中のだ。二人、沈黙してる」

「あー……またサボってんのか。あいつらも懲りねぇな」

何かがおかしい、そう奈津彦は感じた。

しかし、それをうまく言語化できなかった。だから、気のせいだろうと片付けた。

「呼び出しても……出ないな」

「また、いつもの坊主んとこで飲んでんだろ？　あそこ煩《うるせ》ぇからな、着信まともに聞こえなくなるんだ」

「そう……かもしれない……が」

トモジが太い指で、別の番号を呼び出す。

「何してんだ」

「どうも気になる。別のやつに様子を見に行かせる」

「考えすぎじゃねえの？　ハゲるぜ？」

「ハゲない、うちの家系はふさふさだ」

よくわからない反論をしながら、トモジはスマートフォンを耳に当てる。

「……俺だ。異常はないか」

どうやら呼び出した相手が無事に通話に応じたようで、会話を始める。

奈津彦は仲間と顔を見合わせる。

「細けぇやつだよな」

「まぁ、そこがこいつのいいところだ」

「違いない」

ははは、と笑う。

トモジは真面目な顔で通話を続けている。

――アッシとリュウの反応がない、最後の報告は三時間以上前だ、二人の状況に心当たりはあるか、朝に会った時の連中に何か違和感はなかったか、いや、いま動いているメンバーはお前たちですべてのはずだ――

「なぁナツ、お前、その裾《すそ》」

言われ、奈津彦は自分のアロハシャツを確認した。べったりと血に汚れている。「うわっ」と悲鳴をあげてトモジに睨まれる。

「怪我か？」

「いや違う、さっきあの、なんとかいう生肉を取ってきた時のやつだ。うげえ、洗ってオチんのか、これ」

「重曹使え、重曹。その手のやつはだいたい重曹で解決する」

トモジが通話を続けている。

――ボスはいつもの場所にいる、俺たちはいまたまり場で待機している、エピゾン社へはまだ報告していないはずだ、待て、なんでお前がそんなことを気にする、いや、そうじゃない、確かにダイゴの携帯とダイゴの声色だ、だがお前ダイゴじゃないな、

低い声、

「お前、誰だ」

ようやく。

どうやら本当に異常事態が起きているらしいと、奈津彦も理解した。


「……切れた」

舌打ちをひとつ、トモジがスマートフォンをしまい込む。

「何が起きている」

「敵が動いてる」

「敵って何だ」

「知るか。とにかく敵だ」

トモジは苛立《いらだ》たし気に首を振り、

「たぶん、外の連中は全滅だ。アッシもリュウも、たぶんダイゴもやられた」

「やられたって、生きてるのか」

「わからん」

「その敵の人数は」

「わからん」

「いやお前、わからんわからんしかねえのかよ！　あんだけ長話して、ダイゴの偽モンに情報タレ流しただけなのかよ！」

「お前こそ、何も気づかなかっただろうが！　俺が動かなかったらいまだに『どうせ酒飲んでんだろ』とかアホ面晒《さら》して言ってたんだぞお前は！」

「ンなわけねえだろ、俺は最初からおかしいと思ってたんだ！　それをお前が！」

「ああそうかい、だったら全部気づいてるお前が説明しろよ、敵は何者で何人でいまどこにいて狙いは何だ！」

「責任転嫁かよ、それを聞き出すのはお前の役目だったろうが！」

いま何が起きているのか、まるで理解できていない。完全に後手に回っている。しかしそれでも、この状況に対して、何もしないわけにはいかない。

焦りが募る。感情が掻《か》き乱される。

「お、おい、二人とも」

奈津彦は間に割り込むが、ヒートアップする二人は止まらない。互いを罵《のの》る声は大きくなる一方、ああもうこれどうすりゃいいんだよと頭を抱えたくなったところで、

「…………あ？」

辺りが、暗闇に、包まれた。

停電だろうか、と考えた。

この部屋に照明は三カ所ある、そのすべての電球が同時に寿命を迎えたとは考えにくい。隣の部屋の窓の外を確認できれば、停電がこのビルだけのことなのか、それとも地域一帯のものなのかがわかるだろうと。

いや、違う。

「来た……のか？」

半信半疑、いや、信じたくないという気持ちを込めて、そう呟《つぶや》いた。

反応はなかった。

先ほどまでの興奮はどこへやら、その場の全員が動けなかった。

ビルの外、どこか遠くで、犬が吠《ほ》えているのが聞こえる。音らしい音は、それくらいだ。

呼吸すら躊躇《ためら》われるほどの重い沈黙が、部屋を満たしていた。

（…………）

嘘だろ、と思う。

ホラー映画じゃないんだぞ、とも思う。

敵。

何者なのだろうか。

自分たちはチームだ。チームを相手に、これほど手際よく制圧を進めてくる。そんなことが、個人でできるはずがない。訓練を受けた組織とかそういうやつだ。警察とか自衛隊とかの、あれだ、確かええと、ＳＷＡＴとか。グリーンベレーとか。なんかそういう、凄《すご》そうなやつだ。そうに違いない。

でも、どうして。

そんなやつらに、喧嘩《けんか》を売った覚えはない。アクション映画じゃないんだぞ。自分たちは、そう。研究施設をひとつ焼いて、江間宗史とかいう青びょうたん一人を追いつめて、生肉一切れを奪ってきただけなのに。

（…………）

自分の呼吸音が耳障りだ。

暗闇それ自体をどうにかするのは、簡単だ。スマートフォンを使えば、手元や足元を照らすくらいの光は得られる。そんなことは考えるまでもなくわかる。

しかし、この場の誰ひとりとして、それを実行しようとはしなかった。

この暗闇の中に、何が潜んでいるのかわからない。それは確かだ。しかし同時に、この暗闇が、自分たちを包み隠してくれてもいる。その、あまりにか細い糸のような安心感を、手放すことはできなかった。

「…………ブレーカー、を」

押し殺すようなトモジの小声。

「ブレーカーを見てくる」

「待て」

危ないぞ、と言いかけた言葉を奈津彦は飲み込む。そんなことは自明の理、何の警告にもなっていない。そして確かに、このまま誰も動かなければ状況は変わらない。どこかで誰かが動き出す必要があるのだ。

「備えておけ」

言い残し、トモジは動き出した。

ぎしり、ぎしり、床の軋《きし》む小さな音が、少しずつ遠ざかっていく。

(備えておけって……どうしろってんだよ……)

暗闇の中で震えている。それだけしかできないでいるというのに。

せめて、武器のひとつでもあれば、話は違っていたかもしれないけれど。

(……あ、)

悪魔のような閃《ひらめ》きが、脳裏を走り抜けた。

このたまり場には、アレがある。

梧桐ボスの信頼厚い、それこそ幹部を名乗ってもよさそうな自分のような立場の者しか知らないことだが。こういう時に絶対役立つはずの、アレが。

(確か……あれは……)

幸運だったのは、自分が最初から、その場所の近くにいたこと。音を立てないように気をつけて、動き出す。

アクション映画、上等じゃないか。つきあってやるよ。

机の、最下段の引き出しだ。ロックされている。鍵《かぎ》は隣の部屋のカレンダーの裏に隠してあるが、取りに行く暇はない。

手探りで、目的の場所を見つける。

力任せにこじ開けようとする。大きな音が出る。

「ひぁっ⁉」

甲高い悲鳴が聞こえたが、無視する。

ロックは外せなくてもいい。この引き出しは薄っぺらいアルミ板でできている。成人男性が本気を出せば、壊せないはずがない。ガタガタと派手に音が鳴り、「やめ、やめろ」

酸欠にあえぐような悲鳴が聞こえたが、構わず机を揺さぶり続けて、

破壊音。

引き出しが壊れた。

「へ……へ、」

薄い笑みが浮かぶ。裂けたアルミで切ったのだろう、手のひらが濡《ぬ》れているのを感じるが、興奮のせいで痛みは感じない。手を伸ばす。引き出しの中身、特徴的な形状をしたそ

れを摑《つか》みだす。

構成パーツのほとんどが3Dプリンタで違法出力された、プラスチック製の未登録拳《けん》銃《じゅう》。部品の製造に工場を必要としないため密造が容易で、その流通が警察には見えない。ゆえに幽霊銃《ゴーストガン》とも呼ばれる。

極限まで構造を単純化したことによる機能や精度の低下、素材に由来する耐久性不足など、銃器としての性能には不安が多い。加えて、弾丸の入手が難しいこの日本国内では、結局のところそれほど使いやすいものではない。しかしそれでも、銃は銃。引き金を引けば弾が出て、人が死ぬ、はずだ。

必殺の凶器を手にして、興奮が、少しだけ落ち着いた。

闇に目が慣れて、少しだけ、周りが見えるようにもなった。

そこに、何かが、いる。

「ナオユキ？」

仲間の名を呼ぶ。返事はない。

そういえば。ブレーカーの様子を見に行ったトモジも、戻ってきていない。

（……ああ）

確信する。

（そこに、いるんだな）

手の中のそれを、そちらに向けた。

いつの間に、と思う。もちろん、いま自分が引き出しと格闘していた間にだろう。大きな破壊音に紛れて、この部屋に入ってきた。

闇の中、先ほどまでナオユキがいたあたり。

なにか黒いものが動いたような、そんな気がした。

「う……」

喉《のど》の奥から、叫びが迸《ほとばし》る。

「うわああああああああああああ！」

引鉄にかけた人差し指を、全力で、引く。

がちりという冷たい音。弾は出ない。簡素な造りのこの幽霊銃《ゴーストガン》に安全装置はついていないが、それでもさすがに、弾丸を込めずに射撃はできない。そんな単純なことにすら気づけない。

気配が、かすかな足音が、近づいてくる。

（8）

「……うっそだろぉ」

小男が、ぼんやりとした声を出して、首を振った。

「梧桐さん。悪いニュースと、もっと悪いニュースと、最悪のニュースがあります。どれから聞きますか？」

「だいたいオチは読めてんだ、全部言え」

「外の連中が連絡を絶ちました。待機中だった連中も連絡がとれません。そしてたった今、どうやらここの通信手段自体を切断されました」

無線有線問わずつながりません、と両手を上げる。

「はっ」

梧桐は、ぴしゃりと額を叩《たた》いた。

「すげえな！　いや、ほんとすげえな！　かっけえな江間青年！　ここまでやらねえぞ普通はよお！」

心の底から嬉《うれ》しそうに、讃《たた》える。

「いやいや。喜んでる場合じゃないですし」

「喜んじゃいねえよ、楽しんでんだよ」

「違いがわかりません」

軽く指先でキーボードを叩いてから、椅子を回して梧桐に向き直る。

「てかそもそもこれ、本当にあの彼だけの仕業なんですかね。外の連中を一人ずつ潰《つぶ》す、こちらの戦力を把握する、拠点を突き止める、無音制圧する、ここを見つけて耳を塞《ふさ》ぐ……」

指折り数える。

「最低でも四、五人の仲間がいるとしか考えられない。だってそうでしょう、仕事量が多すぎますよ。複数のチームであたるべき内容です。腕の良し悪しの問題じゃなくて、一人でやるべきじゃないですこんなこと」

「だからこそ、だろ？」

上機嫌の梧桐が体を揺らす。

「俺たちは虎の尾を踏んだつもりでいた。普通に暴れる虎を一匹仕留めるくらいなら楽勝だからな。だからその虎は、虎として戦うのをやめた。一人相手だとナメきってた俺らを、群れの戦い方で圧し込んできた」

「無茶苦茶な。何の意味があるんです、それ」

「ありえないと思っていた手を使われた時点で、こっちの思考にゃ死角ができる。そこに体をねじこめば、どこにだって行けるし何だってできるさ。んでもってどうやら江間宗史は、人の死角を縫って動くのがかなり上手い」

「……いやいや、『かなり上手い』なんて言葉で片付けられていいレベルの話じゃないですよ。本気で言ってます？」

「おう。俺は確信してるぜ？　今日のあいつはヒーローだ、そんくらいやるさ」

ばづん、

焼け落ちるような音とともに、部屋の灯りが落ちた。

完全な闇とはならない。小男の目の前のPCモニタが光を放っている。見渡せば、部屋のどこに何があるかはぼんやりと把握できるくらいの光量はある。

しかし、光の足りない状況では、とっさの出来事に対する反応はどうしても遅れる。襲撃者にとってはそれで充分だった。

「ははァ！」

次の展開を予期した梧桐が高らかに笑う。

ほぼ同時に、黒いシルエットが薄闇の中を駆ける。破壊音、小男が額から、PCの画面に突っ込んだ。この部屋の唯一の光源だったものが、瞬きのひとつも残さずに消える。

だん、
床を蹴《け》る音、
梧桐は躊躇《ためら》わずに身を投げ出した。転がるようにして床上を移動、壁際で膝立《ひざだ》ちになる。

襲撃者は予め暗闇に目を慣らしているはずだ、動かずにいれば的になるだけ。逆に動いてさえいれば、ここが自分たちの拠点であるという地の利を活かすこともできる。

「っ！」

ふところの中の手を、まっすぐに、目前の闇の中へと突き出した。それと同時に、自分の額のすぐ前に、何かが突きつけられる。

「……っかぁ……」

たまんねーな、おい。

梧桐の額から頬を、興奮と恐怖で噴き出した、大粒の汗が流れ落ちた。

「最ッ高だ。生きてるうちに一度はやってみたかったシチュエーションだぜ、こりゃ。夢が叶《かな》っちまった」

目の前に、軽口を投げる。

返事はない。

右手も、頭も、動かせない。左手だけで自分のポケットを探り、スマートフォンを取り出し、最低限の操作をしてから、床上に投げる。

スリープ状態を解除されたそれが、わずかな光を辺りに投げかける。

目の前に、一人の青年が立っている。

黒髪黒目。どう見ても平凡で、いかにも誠実そうで、イカれたことのことごとくに無縁そうに見える、そんな江間宗史が立っている。

ここまでほとんどの戦いを一方的な奇襲で片付けてきたのだろうが、それでも既に傷だらけだ。反撃を受けたりもしただろう、闇の中で無理に暴れまわったせいで自ら負ったものもあるだろう。シャツはあちこちが赤く裂け、頰や額にも浅くない裂傷が刻まれている。

それでも、その表情は凍り付いたように動かず、その右手に握られた幽霊銃《ゴーストガン》の銃口は、まっすぐに梧桐の額に突き付けられている。

「やっぱ、ガンアクションつったら、このシーンだよな」

梧桐は、うかつに動けない。

そしてこの青年、江間宗史もまた、そう簡単には動き出せないはずだ。梧桐の構える銃もまた、正確に、青年の額に突き付けられている。

双方ともに、構えているのがプラスチック製の粗製銃だというのが、絵面的には少々締まらない。しかしこれらも、至近距離における殺傷力は本物だ。

互いに、いつでも相手の命を奪える姿勢。

「なんつったかなあ、この膠着状態《こうちゃくじょうたい》。確か名前あるんだよな、あーっと……」

立ち上がろうと、膝に力を込める。

その気配を察したか、引き金にかかった宗史の指に、わずかに力が入ったのを感じ取る。

立ち上がるのを諦《あきら》める。動けない。

「そうだ、メキシカン・スタンドオフ」

「違う」

　ぼそりと、宗史が言葉を返してきた。

「それは、三つ巴《みつどもえ》以上で、誰もが動けなくなった時に使う言葉だ」

「細けえこと気にするやつだな……」

　映画の中のこういう光景を見ると、とっとと撃てよという気持ちになることはある。撃てば敵が死ぬんだろう、だったら迷うことはないはずだと。緊張感を煽《あお》るだけのリアリティのないシーンだと。

　しかし実際にその状況に身を置いてみると、なるほど、これは迂闊《うかつ》に動けない。指に力を込めて銃を撃つことはできる、しかし、その一秒後に自分が生き残れるイメージがまるで湧かないのだ。

　何事も体験してみるものだと、脳の痺《しび》れるような興奮の中、梧桐は思う。

「まあ、でもその気持ち、わからないでもないな。せっかくの膠着状態、ちゃんとメキシカンでスタンドオフしたい。具体的には三人目がほしい。よくわかるぜえ、その浪漫」

「お前は何もわかっていない」

「そう言うなって。俺がこんなにサービス精神発揮するとか、めったにないんだぜ」

　かちり、と。

　江間宗史のすぐ背後で、撃鉄の上がる音がした。

青年の目が、驚愕《きょうがく》に見開かれる。それを見届けて、梧桐は唇を曲げる。

「というわけで、一人追加だ」

◇

疲労と自責と絶望。

積み重なったそれらで、気が遠くなりそうだった。

宗史は唇の端を噛《か》み切《き》って、その痛みで平静を保とうと試みた。しかし、そもそも全身が痛んでいる現状、それには大した意味がなかった。

ただ血の一筋が、意味もなく、顎《あご》から滴り落ちる。

「……まだ、残ってたのか」

動揺を抑えて、平坦《へいたん》な声で、そう言う。

背後に、銃を構えた、誰かがいる。

手下どもを叩きのめし、少なくとも数日はまともに動けなくした。一対一に持ち込んで、そのうえで梧桐自身の動きも制した。どうにかこうにか至ったその状況に、まさかの伏兵の登場。ふざけるなと叫びたい。冗談だろと喚きたい。

「全員潰したと思ってたか？　正解で、不正解だ。そいつはうちの正規メンバーってわけ

じゃないんでね」

　このシチュエーションがことのほかお気に召したのだろう、先ほどまでにも増して機嫌よく、梧桐が笑う。

「自己紹介してやんな」

　宗史の背後に向かって、そう声をかける。

「そいつぁ趣味悪ぃだろ、梧桐サン」

　背後のそいつは、不機嫌そうな声で、そう答えた。


　その声を、よく知っている。


「……孝、太郎……？」

「うんまあ。そうだね。オレだよ」

　バツの悪そうな、それでいていつも通りに軽薄な、篠木孝太郎の声。

　江間宗史の味方のはずだった。少なくとも今回の一連の事件の中で、この男は、最初から一貫して助けになり続けてくれていた、はずだった。なのに。

「つーか、ダメだよ江間サンさぁ。怒りに任せて大暴れして悪の組織を壊滅だァ、とかさ、キャラに合ってないって。そういうヒーローじゃないでしょ、あんた」

「なんで、そこに」

「理由はいくつかあるけどさ。一番はあれだな。江間サンにその男を殺させるわけにはいかないってやつ。やっぱ本物の殺しは似合わねぇよ、あんたには」

なんだ、それは。

意味が、わからない。

「そもそもさぁ、江間サン、この後どうする気だったのさ。後始末のこととか、なーんも考えずに暴れたでしょ。街中で動いたぶんは目撃者いるし、証拠もたくさん。昔の事件とあわせて、ネットじゃ現在絶賛トレンド入りだよ。ここで梧桐サンを殺せたとして、何が解決するわけでもない。問題は山積みだ。このあとどうやって生きてくつもりだったのさ？」

……そんなこと、

「考えたくなかったんだろ？　頭カラッポにして砕け散りたかったたって。その気持ちはわかるけどさあ、考えたくないってのと逃げてていいってのは別問題だよ」

「僕、は」

「わかる？　江間宗史って男にはもう、どうあがいても未来がないわけ。だからオレは、裏切るならここだと判断した。最期に立ち会って、やりたいこともあったしね」

裏切り。

ああ、そうだ。確かに、いざという時には裏切ってくれよと。信頼だとか友情だとかに頼りたくないから。利害と損得の一致で繋《つな》がっていたかったから。だから、かつて宗史は、孝太郎とそう約束した。

孝太郎は、その約束を、守った。

（………そうか）

焦りも怒りも、何も湧いてこなかった。

そうなのか、というシンプルな納得だけが、心の中にあった。

勝ちを確信した梧桐が、首を小さく動かしながら、降伏を促してくる。

「銃を捨てな」

（せめて、こいつだけでも殺しておこう）

ぼんやりとした頭で、宗史はそう考えた。

引鉄にかけた指に、ゆっくりと力を込めた。

作りの粗悪なその幽霊銃《ゴーストガン》に、まともな消音機能はついていない。

銃声がひとつ、『サマーフレーバー・ブルワリー』の店内に響き渡った。

その日、江間宗史の物語は終わった。

そして、その名を持つ人間が一人、この世から消えた。

エピローグ／幕は下りて、そして

epilogue

——そして、回想が、終わる。

振り返ってみれば、たったの五日間。カレンダーに横向きの線を一本引けば埋められてしまう、その程度の時間でしかない。

あの日々の中にいた時には、まるで永遠に続くようにも思えていたというのに。

あの病室での別れの翌日に、江間宗史《えまそうじ》は死んだと、老女医に教えられた。

一連の出来事の背後にいた連中の組織に挑み、見事に壊滅状態にまで持ち込んだけれど、ボスと相討ちになったのだと。

あの時には、悲しんだ。泣いた。悔しがった。

まだまだ言いたいことも、聞きたかったことも、たくさんあったのに。

恋とか愛とかじゃない。そんな感情を抱けるほど、わたしは今の彼のことを知らない。

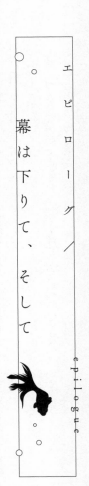

彼もわたしのことを知らない。だからこそ、ちゃんと話して、知りたかった。知ってもらいたかった。なにかの感情を抱きたかった。わたしの中の誰か《アルジャーノン》さんに引きずられたものではない、わたし自身の想いを。なのに。

肝心の本人は、夏の思い出の中に、引きこもってしまった。

どれだけ会いたくても会えない。届けたい言葉は、こうやって回想がてら、胸の奥にしまいこむしかない。


（……はぁ）

どうにもこうにも。

いつも通り、長い回想の後は、ひたすら虚しい気分に包まれる。

長いようで短いあの時を、二人はのんびりと過ごし、そして駆け抜けた。そして、そこにわたしの――つまり真倉沙希未《さなくらさきみ》の出番はない。

二人に心配され、その身を案じられ続けただけ。二人の物語にとっては、ちょっと重要なだけの、小道具としての役目しかなかった。

エレベーターの動く音。

五階、つまりこの階で止まる。誰かが降りて、近づいてくる。

「あ、いたいた。沙希未さーん」

手を振り近づいてくる、渡ヶ瀬《わたがせ》高校の制服を着た少女が一人。

「伊桜《いお》ちゃん。なんでここに」

「スカート穿いて出かけたって、おばさんに聞いて。たぶんここだろうなって予想して来ました、大正解でした」

「なに話してくれてるかな、うちの母親は」

あれから二年、伊桜ちゃんはさらに少し背が伸びた。雰囲気も相変わらず大人っぽい。制服を脱いで、ちょっと口調を大人びたものに変えれば、未成年だと見抜ける人はほとんどいないだろう。

だからこそ本人は、高校生になっても、子供っぽい口調をやめないのだろうけど。

「デートかしらねえ、って言ってましたよ。ある意味正解だったみたいですけど」

「よしてよ」

これは、そんな楽しげなものじゃない。

どちらかというと、墓参りのようなものだ。手向ける花はないけれど。

「それで、何か、わたしに用でもあったの？　わざわざこんなとこまで来て」

「あ、はい、その筋から連絡がありまして、えーと、そねださん？　ってひとと、ゴールドマンさんだっけ、まあそんな感じのひとたちが、先月二人とも失脚したということで」

「はあ？」

何を言っているのか、わからない。

「急にいくつもスキャンダルが表に出たとかで。お知り合いです？」

「全然知らないけど。どこかの政治家かなにか？」

「いえ、よくわかんないんですけど、そのひとたちがいなくなったから、沙希未さんのマークもようやく外れたって」

「はあぁ!?」

マーク？　わたしを？　どういうこと？

頭に、疑問符が立て続けに浮かぶ。

そしてすぐに、自分のバカさ加減に気づく。考えてみれば当たり前だ。

あの後、わたしの体から出ていった〝コル＝ウアダエ〟は、数日後に、腐って消えてしまったらしい。いわく、本来ならもっと充分な時間をかけて、ひとつの生物として成熟してから出ていかないといけなかったはずなのだとか。そうせず、焦って出ていったせいで、生体としての自分を維持できなかったのだろうとか。そんな感じの説明を聞いた気がする。

そもそも最初の肉片がどこからあの研究施設に持ち込まれたのかは、結局わかっていないらしい。つまり、あの不思議な生き物のかけらは、もう、どこにもない。

けれど、あのかけらを宿したことのある奇妙な人間は、まだここにいるのだ。

確かにいまは普通の人間として生きてこそいるけれど、体のどこかに何らかの痕跡《こんせき》が残っている可能性はある、と。そう考えた人がいてもおかしくはないのだ。

そしてそう考えた人が、もしどうにかしてあの研究を再開しようとしたならば、真っ先に真倉沙希未を確保しようとするはずだ、と。

「……うわ」

ぞっとした。

一昨年にすべてが終わった、そう信じてそのつもりでいたのに、まさかこの身が、今なお誰かさんの中で小道具であり続けていたとは。

そして幸運に感謝する。マークというのが具体的にどういうものかはわからないが、要するに、ゆるい監視がついていたようなものだろう。ということは、いつアレに気づかれてもおかしくなかったはずだ。

「勘弁してよ、もう……」

汗のにじむ額に手をあてて、首を振る。

伊桜ちゃんが、くすくすと笑っている。

「よかったじゃないですか、結局なにも起きないで終わったんですから」

「それはそうだけど、気分的に……ちょっと待って」

顔を上げる。

「伊桜ちゃんは誰から聞いたの、その話。小梅さん？」

「んーとね、その話よりも前に本題なんだけど、これ」

一枚のメモ用紙を、二本指で挟んで取り出す。

差し出してくる。受け取る。

開く。住所が書かれている。ここからはだいぶ離れた市の、けれど同じ海辺の街だ。最後に、おそらくはその場所に住んでいるのであろう、誰かさんの名前が書かれている。聞いたことのない男性名だった。

これは、なんだろう。

「渡してくれ、って言われたから」

「……なに、これ」

これは、もしかして。

「さあねえ。行ってみればわかるんじゃないかな、目いっぱいおめかしして」

「なに、それ」

これは、まさか。

「さあねえ。私は、それを渡してくれって頼まれただけだから。孝太郎《こうたろう》くんに」

もしかして、と思う。

まさか、と思う。

このメモの示す先には、誰がいるのか。

ヒントは、このタイミング。わたしからマークが外れたという話と、このメモが同時にやってきた。これは、すべてが終わった後でないと、この誰かとわたしとを、会わせられなかったということ。

そんな相手、心当たりは、一人しかいない。

会えるはずのない彼。すでに死んでいるはずの彼。

ならば、つまり。

名前は違う。顔も変えているだろう。もしかしたら、声や体格までも。つまり、すっかり別人になっているだろう。

けれど、確かに、生きているのだろう。夏の思い出の外側で。


「あ……あ……」

泣きだしそうになったので、慌てて両手で顔を覆う。

くるりと、伊桜ちゃんは踵《きびす》を返す。

「それじゃ、用事も済んだし帰るね。沙希未さんも、動くなら早めの方がいいと思うよ。油断してると、陽ってすぐに沈んじゃうしさ」

たたた、と軽快な足音がエレベーターホールへと向かう。その背に向かって、

「いお！　感謝する！」

わたしの、真倉沙希未の口を使って、誰かが声を出した。

おいこら、なにしやがる、この図々《ずうずう》しい居候の消えそこないが。いまはわたしの時間だ、でしゃばるんじゃない。慌てて、口をふさぐ。

もう遅い。一度放たれた言葉は、もう引き戻せない。

伊桜ちゃんは少しだけ驚いた顔で振り返り、にんまりと笑って、

「ノンちゃんも！　あのひとによろしくね！」

◇

エピローグという言葉がある。

もともと、演劇の納め口上を指す言葉であったらしい。物語の本編が終わった後に、口上役の人間が観客に向かって、後日談などを交えながら「これにておしまい」と宣言するアレだ。

この口上役は、厳密にはもう、物語の中の人物ではない。メタ的な存在とでもいうのだろうか。現実側に存在する一人として、現実の観客たちに向かって話しかける。夢から醒《さ》

めて、家に帰る時間だよと。そうすることで、物語と、現実との間に、橋をかける。そういう役割。

江間宗史とアルジャーノンの物語は、もう終わっている。

わたしがいま語っているのは、二人が去ったあとの舞台の、エピローグ。そして。

——もしかしたら、別の物語のプロローグになるかもしれない。

そういう、小さな小さな、そして個人的な予感だ。

◇

ちょうどその頃、距離を隔てた、とある小さな部屋で。

「べくしっ」

若い男がひとり、派手にくしゃみをした。

「……夏風邪でもひいたかな」

鼻をこすりながら、窓の向こうに目をやる。遠く、青い海が見える。

金魚鉢の中で、金魚が二匹、尾びれを振った。

あとがき

夏の陽の射す、海の近くの１ＤＫ。そこに、確かに彼らは住んでいた。過去を棄てた抜け殻のような青年と、過去も未来も持たない生まれたての怪生物。欠けたものを抱えた者同士、二人で寄り添って、短いその時間《とき》を過ごしていた――

そんな感じでお送りしてきました、『砂の上の１ＤＫ』でした。

はじめましての方もいるかもということで、改めてご挨拶《あいさつ》。枯野瑛《かれのあきら》と申します。

昨年までスニーカー文庫さんでちょっと長いシリーズを展開していまして、今回はずいぶんと久しぶりの新作ということになります。

また、これは単巻完結のお話です。

直接の続編は現時点では想定されていません。気軽に読み始めて、読み終えられます。

諸々の反響しだいで、また彼ら彼女らの物語が紡がれる未来があるかもしれませんが、その時にも続編ではない別の形になるかなと。

さて、今回のこの話、最初にプロットを書き起こしたのは二〇〇四年のことでした。

当時書いていた別の話のサブストーリー的な位置づけで、人の体に閉じ込められた化け物と、その化け物を守らなければならなくなった青年の話を書こうとしていました。これがなかなかの力作で、枯野（若）的にはかなりのお気に入りでした。

当時は残念ながら企画会議を通らず、このプロットはめでたく塩漬けになったのですが、「いつかは書いてやりたい」という思いは消えていませんでした。

そして今回、塩漬け樽《だる》から引っ張り出したこのプロットが、ついに企画会議を通りました。もちろん私は喜び勇んで、さあてやるぞおと改めて物語構成に目を通して……

そして、その時になってようやく、気付いたんですよ。

十八年の間に、私、ここで書く予定だったことを、いろいろつまみぐいしちゃってるって。自分自身の心に異物が混じり込んでいることへの不安と嫌悪感、その状態の自分を肯定することの難しさ、さらにその上で幸福や安らぎを嚙《か》みしめることの意味……とまあ、そういったことをですね、わりとあちこちで書いちゃってました。

「やばい。このプロットをこのまま形にしたら、セルフ二番煎《にばんせん》じにしかならない」

慌てました。

しかし、プロットは既に通っています。既によそで使っていたなどという理由で、題材それ自体は変えられません。というか、この期に及んでアレですが、変えたくもありません。そもそも最初から大改造は予定の内。元のプロットは古すぎて、そのままでは令和の出版には耐えられそうにありませんでしたし。そもそも前作ありきで書かれていたものを、独立した一本へと組みなおさないといけませんでしたし。

というわけで、ああでもないこうでもないとひたすら話をこねくり回しました。

すかすかシリーズとは違う書き口を取り戻したいという気持ちも、試行錯誤の回数を増やしました。

そして気がついたら、一年が経っていました。

……ええ、まあ。長々と何の話をしているのかというと、つまり前シリーズ完結から時間が空いてしまったことの言い訳でした。お待たせしてしまった方々すみません。

そんなところで、紙幅も尽きました。

それでは、願わくばまた、いずれかの空の下でお会いできますよう。

二〇二二年　夏

枯野　瑛

砂《すな》の上《うえ》の1DK《ワンディーケー》

著　枯野《かれの》 瑛《あきら》

角川スニーカー文庫　23312

2022年9月1日　初版発行

発行者　青柳昌行

発　行　株式会社KADOKAWA
〒102-8177 東京都千代田区富士見2-13-3
電話　0570-002-301（ナビダイヤル）

印刷所　株式会社暁印刷
製本所　本間製本株式会社

Printed in Japan　ISBN 978-4-04-112896-1　C0193

★ご意見、ご感想をお送りください★

〒102-8177 東京都千代田区富士見 2-13-3
株式会社KADOKAWA　角川スニーカー文庫編集部気付
「枯野 瑛」先生
「みすみ」先生

角川文庫発刊に際して

角川源義

第二次世界大戦の敗北は、軍事力の敗北であった以上に、私たちの若い文化力の敗退であった。私たちの文化が戦争に対して如何に無力であり、単なるあだ花に過ぎなかったかを、私たちは身を以て体験し痛感した。西洋近代文化の摂取にとって、明治以後八十年の歳月は決して短かすぎたとは言えない。にもかかわらず、近代文化の伝統を確立し、自由な批判と柔軟な良識に富む文化層として自らを形成することに私たちは失敗して来た。そしてこれは、各層への文化の普及滲透を任務とする出版人の責任でもあった。

一九四五年以来、私たちは再び振出しに戻り、第一歩から踏み出すことを余儀なくされた。これは大きな不幸ではあるが、反面、これまでの混沌・未熟・歪曲の中にあった我が国の文化に秩序と確たる基礎を齎らすためには絶好の機会でもある。角川書店は、このような祖国の文化的危機にあたり、微力をも顧みず再建の礎石たるべき抱負と決意とをもって出発したが、ここに創立以来の念願を果すべく角川文庫を発刊する。これまで刊行されたあらゆる全集叢書文庫類の長所と短所とを検討し、古今東西の不朽の典籍を、良心的編集のもとに、廉価に、そして書架にふさわしい美本として、多くのひとびとに提供しようとする。しかし私たちは徒らに百科全書的な知識のジレッタントを作ることを目的とせず、あくまで祖国の文化に秩序と再建への道を示し、この文庫を角川書店の栄ある事業として、今後永久に継続発展せしめ、学芸と教養との殿堂として大成せんことを期したい。多くの読書子の愛情ある忠言と支持とによって、この希望と抱負とを完遂せしめられんことを願う。

一九四九年五月三日